STOPP!

# STOPP! DIES IST DIE LETZTE SEITE!

**TWITTERING BIRDS NEVER FLY** ist ein Manga, und einen japanischen Comic liest man von hinten nach vorne. Auch die Lesereihenfolge der Bilder und Sprechblasen auf den Seiten ist anders als gewohnt: von rechts oben nach links unten.

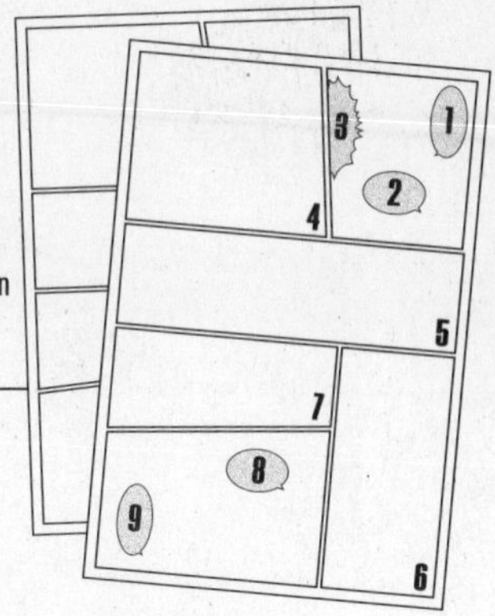


# TWITTERING BIRDS NEVER FLY 3

von
Kou Yoneda



1. Auflage, 2021
Deutsche Ausgabe/German Edition


Aus dem Japanischen von Verena Maser

SAEZURUTORI WA HABATAKANAI vol. 3

First published in Japan in 2015 by TAIYOH TOSHO Co., Ltd., Tokyo.
German translation rights arranged with TAIYOH TOSHO Co., Ltd.
through Tuttle-Mori Agency, Inc, Tokyo.

Programmleitung: Michael Schuster & Lea Heidenreich
Redaktion: Alexandra Grimsehl
Lektorat: Martin Gericke
Layout und Lettering: Manga Cult, Datagrafix GSP GmbH, Berlin
Druck: GGP Media GmbH, Poessneck



Print-ISBN: 978-3-96433-328-5

www.manga-cult.de | Februar 2021

manga
漫画
cult

# Glossar

## Vater, Sohn, Bruder, Onkel

Die Mitglieder der Yakuza sind nicht blutsverwandt, es handelt sich hier um Wahlverwandtschaften, die mit dem zeremoniellen Trinken von Sake besiegelt werden. Auch diese „Verwandtschaften“ sind hierarchisch geregelt. Je nachdem, wer mehr Sake trinkt, bestimmt sich, wer die höhere Position einnimmt, also „Vater“ oder „älterer Bruder“ ist.

---

## Schwester

Frauen sind bei der Yakuza nur als Ehefrauen und Geliebte geduldet und werden dann mit „Schwester“ angeredet.

---

## Ansehen

Die persönliche Ehre ist das Kapital eines jeden Yakuza, da sie dazu dient, Beziehungen aufzubauen und zu festigen. Sie muss unbedingt verteidigt werden.

---

## Fingeramputation

Kann sowohl als Strafe verhängt werden als auch zum Zeichen der Buße geschehen. Ein abgeschnittenes Fingerglied ist gleichzeitig ein Stigma, das das Ausscheiden aus der Welt der Yakuza praktisch unmöglich macht.

---

## Geschäft

Yakuza verdienen ihr Geld mit unterschiedlichen Aktivitäten. Als die wichtigsten gelten Schutzgeldinkasso, Kreditvergabe, Immobilien, Glücksspiel, Prostitution und Drogen.

# G l o s s a r

## Die Yakuza

Die Yakuza ist äußerst hierarchisch organisiert. Diese Hierarchie ist von den Mitgliedern jederzeit zu respektieren und aufrecht zu erhalten, Loyalität und Gehorsam gelten als die obersten Werte. Yakuza begreifen sich traditionell als „edle Ritter", die ihre gesellschaftlichen Pflichten auf humane Art und Weise erfüllen. Viele Yakuza tragen großflächige bunte Tätowierungen.

---

## Gruppe

Untereinheit eines Syndikats. Verfügen oft über Firmen, die als legale Fassade für die illegalen Geschäfte dienen. Jede Gruppe hat ihr eigenes Territorium, in dem sie zum Beispiel Schutzgelder kassiert.

---

## Don (会長)

Chef eines Yakuza-Syndikats. Alle Syndikatsmitglieder sind ihm Respekt und Gehorsam schuldig.

---

## Boss (組長)

Chef einer Yakuza-Gruppe. Alle Mitglieder der Gruppe sind ihm Respekt und Gehorsam schuldig.

---

## Unterboss (若頭)

Vize-Chef einer Yakuza-Gruppe. Ist allen über ihm Respekt und Gehorsam schuldig.

manga
漫画
cult

Twittering Birds
Never Fly

KOU YONEDA

Ich mag weiße Kittel.
Wie beim Doktorspiel.
Wir machen's nicht hier drin.
Treiben wir's dann daheim? Du Sexgott in Weiß.
...!
Aber sag mal, wie lang kennst du Yashiro denn schon?
Hmm? So um die zwanzig Jahre, denk ich.
Er ist wirklich ein starker Gegner.
Hääh?! Wieso konkurrierst du denn mit Yashiro?

Knacker.
Kageyama.
Kanji.

Was denn? Bringt dich das so sehr ins Grübeln?
Was passt dir denn jetzt wieder nicht?
Es ist wirklich ein Schock.
Hö ...?
Ich dachte, ich hätte ein besseres Gespür.
Was fällt dir ein, zu lachen?
Yashiro und ich kennen uns jetzt so lange, und trotzdem erfahr ich ständig neue Dinge über ihn!
Ich ...
Ich kann nicht ...! Mein Bauch ...!
Pass mal auf ... Bloß, weil du mehr weißt als ich, brauchst du mich nicht zu verarschen!
Mach ich doch gar nicht.

…
Was denn?
Ist das so ein Schock für dich?
Nein …
Warum nur?
Ich dachte immer, das gäb's bei ihm nicht, sich in jemanden verlieben.
Er ist impulsiv und skrupellos.
Hä?
Was soll das heißen?
Nichts weiter.
Ist das wirklich so?
Wenn, dann ist es doch Doumeki, der auf Männer abfährt.
Er hat doch gemeint, er findet ihn schön oder so.
Hmm … Was den angeht, keinen Plan.
Der ist gut darin, Sachen zu verbergen.
Guckt ja immer so ausdruckslos.
…

Oh, da fällt mir ein, Yashiro steht auf Doumeki.
Pffft!!
Neulich in der Bar war er also echt eifersüchtig.
Bi...
REIB
Bist du sicher?!
Nanu?
Ist dir das nicht aufgefallen?
Er behandelt ihn ganz klar anders als seine anderen Untergebenen.
Ach ja? Find ich jetzt nicht.
Doch!
Er geht so behutsam mit ihm um, als wär er ein rohes Ei.
Er benimmt sich total komisch, weil er dauernd an ihn denkt.
Überraschend kindisch.
Jetzt mag ich Yashiro ein kleines bisschen!
Voll peinlich, dass er das nicht mal selbst merkt.
Aber was soll man auch anderes erwarten.

Nanu?
Sind die Kerle etwa schon wieder weg?
Ja. Jetzt kann ich endlich wieder durchatmen.
Tu doch nicht so, Knacker.
Hääh?!
Du hast dich doch gefreut, dass sie zu dir gekommen sind.
Hab ich nicht! Die gehen mir auf die Eier! Immer schleppen die Probleme an!
Ja, ja, schon klar.
Du moserst dauernd über sie, lässt ihnen aber trotzdem alles durchgehen.
D... Das stimmt nicht. Ich werd den Kerl einfach nicht los. Der hat nur mich als Freund.
Als Freund, so, so.

Twittering Birds
Never Fly

KOU YONEDA

Fortsetzung folgt.

Ngh ...! Mh ...!
Kh ...!
Aah! Hh ...!
Haah ...!
Aaah ...!
Kh ...!
Haaaah!
Haaaah!

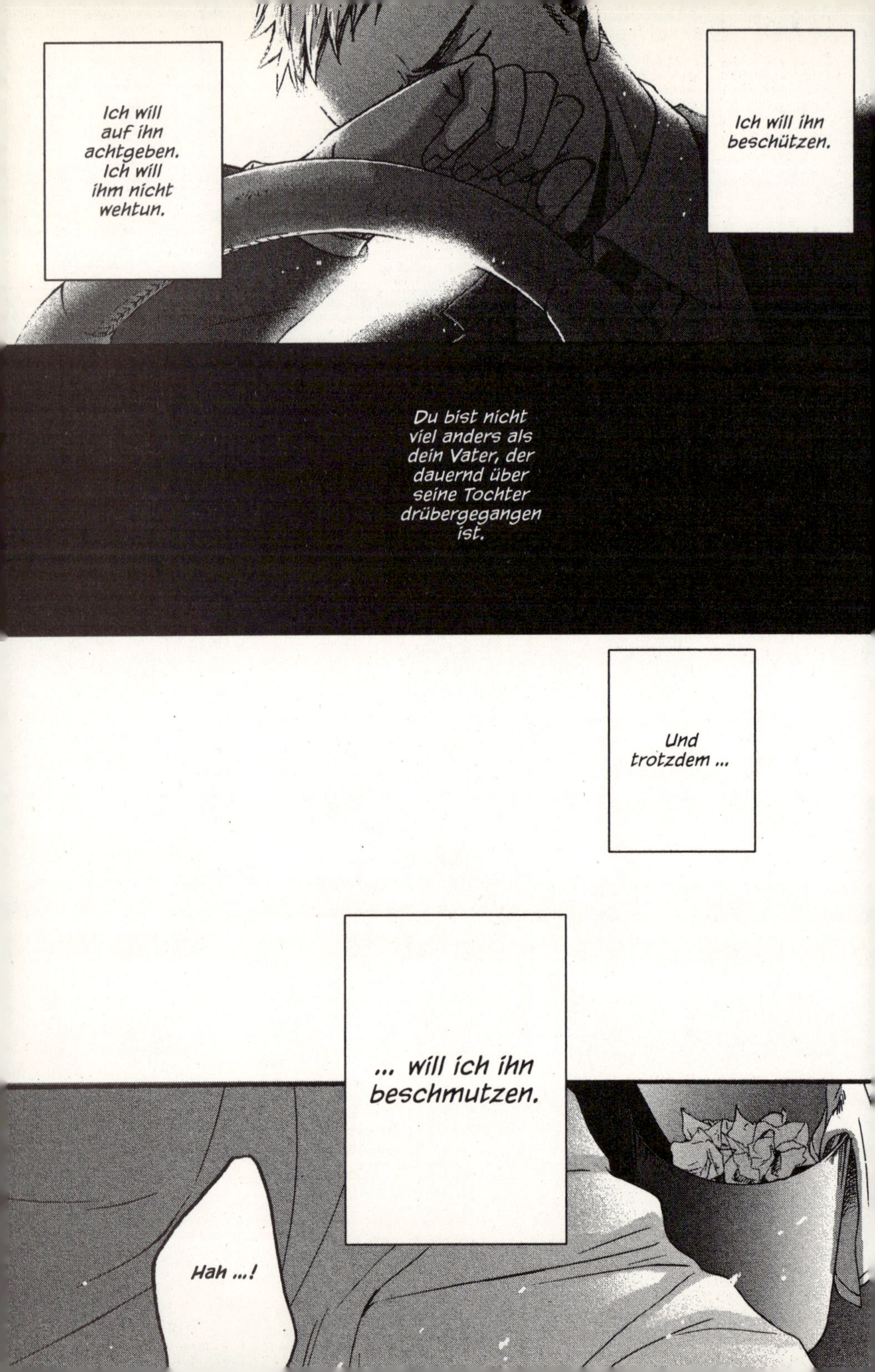
Ich will ihn beschützen.
Ich will auf ihn achtgeben. Ich will ihm nicht wehtun.
Du bist nicht viel anders als dein Vater, der dauernd über seine Tochter drübergegangen ist.
Und trotzdem ...
... will ich ihn beschmutzen.
Hah ...!

DOFF
Obwohl er sich gewehrt hat ...
„Lass ..."
„... mich ..."
... hab ich ihn runtergedrückt.
„Leck mich ...!"
Nein, das ist eine Ausrede.
Du bist derselbe Abschaum wie dein Vater.
Ich war so angetörnt, dass ich nicht mehr stillhalten konnte.

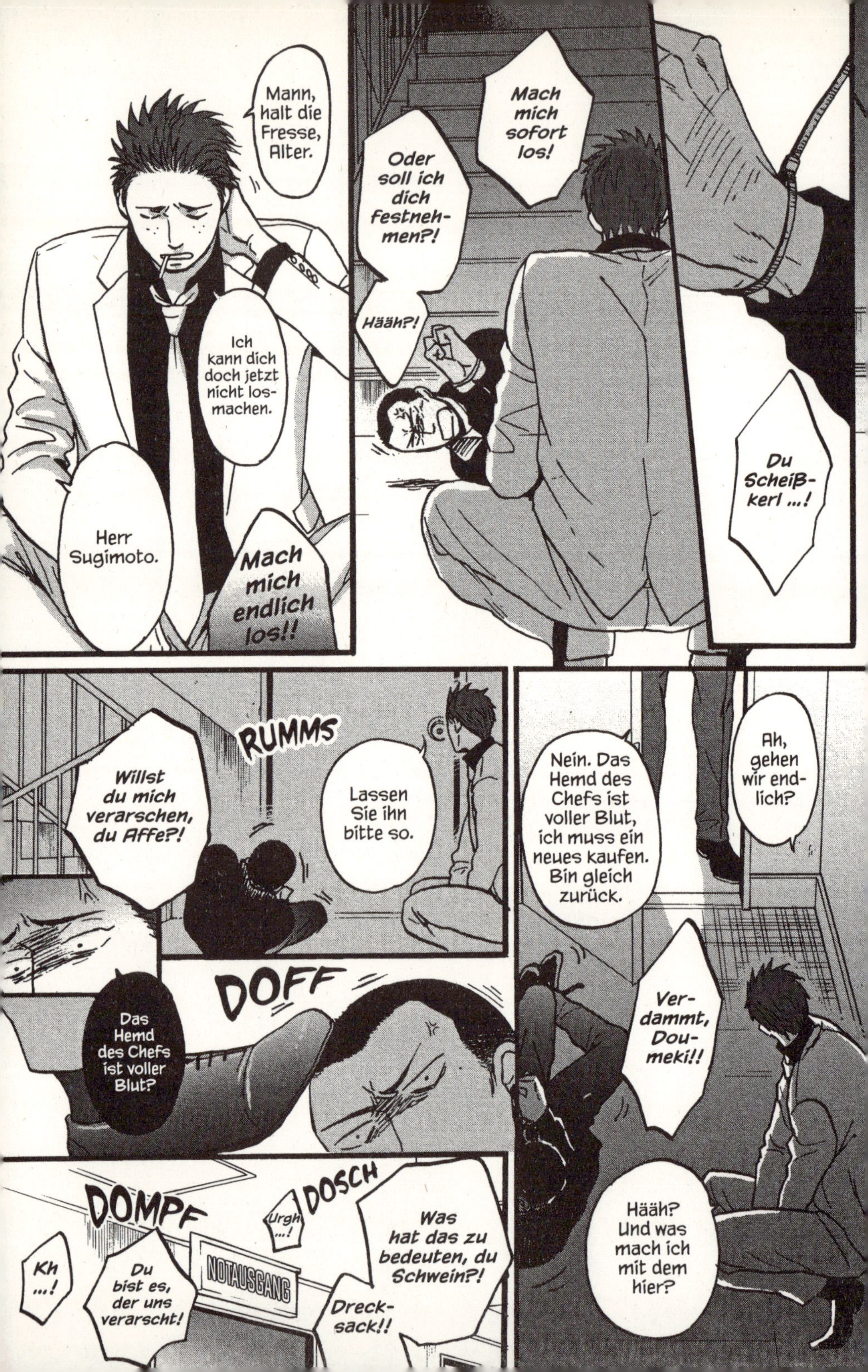
Du Scheißkerl ...!
Mach mich sofort los!
Oder soll ich dich festnehmen?!
Hääh?!
Mann, halt die Fresse, Alter.
Ich kann dich doch jetzt nicht losmachen.
Mach mich endlich los!!
Herr Sugimoto.
Ah, gehen wir endlich?
Nein. Das Hemd des Chefs ist voller Blut, ich muss ein neues kaufen. Bin gleich zurück.
RUMMS
Lassen Sie ihn bitte so.
Willst du mich verarschen, du Affe?!
DOFF
Das Hemd des Chefs ist voller Blut?
Verdammt, Doumeki!!
Hääh? Und was mach ich mit dem hier?
DOSCH
Was hat das zu bedeuten, du Schwein?!
Drecksack!!
Urgh ...!
DOMPF
Du bist es, der uns verarscht!
Kh ...!
NOTAUSGANG

Ist das Handtuch zu kalt?
Mh ... Lass, ich mach das selbst.
Hh ...!
Kh ...!
Geh mir lieber ein neues Hemd kaufen.
Beim alten sind die Knöpfe abgerissen und es klebt vor Blut.
In Ordnung. Ich bin gleich wieder da.
Wenn etwas sein sollte, rufen Sie bitte Herrn Sugimoto an.

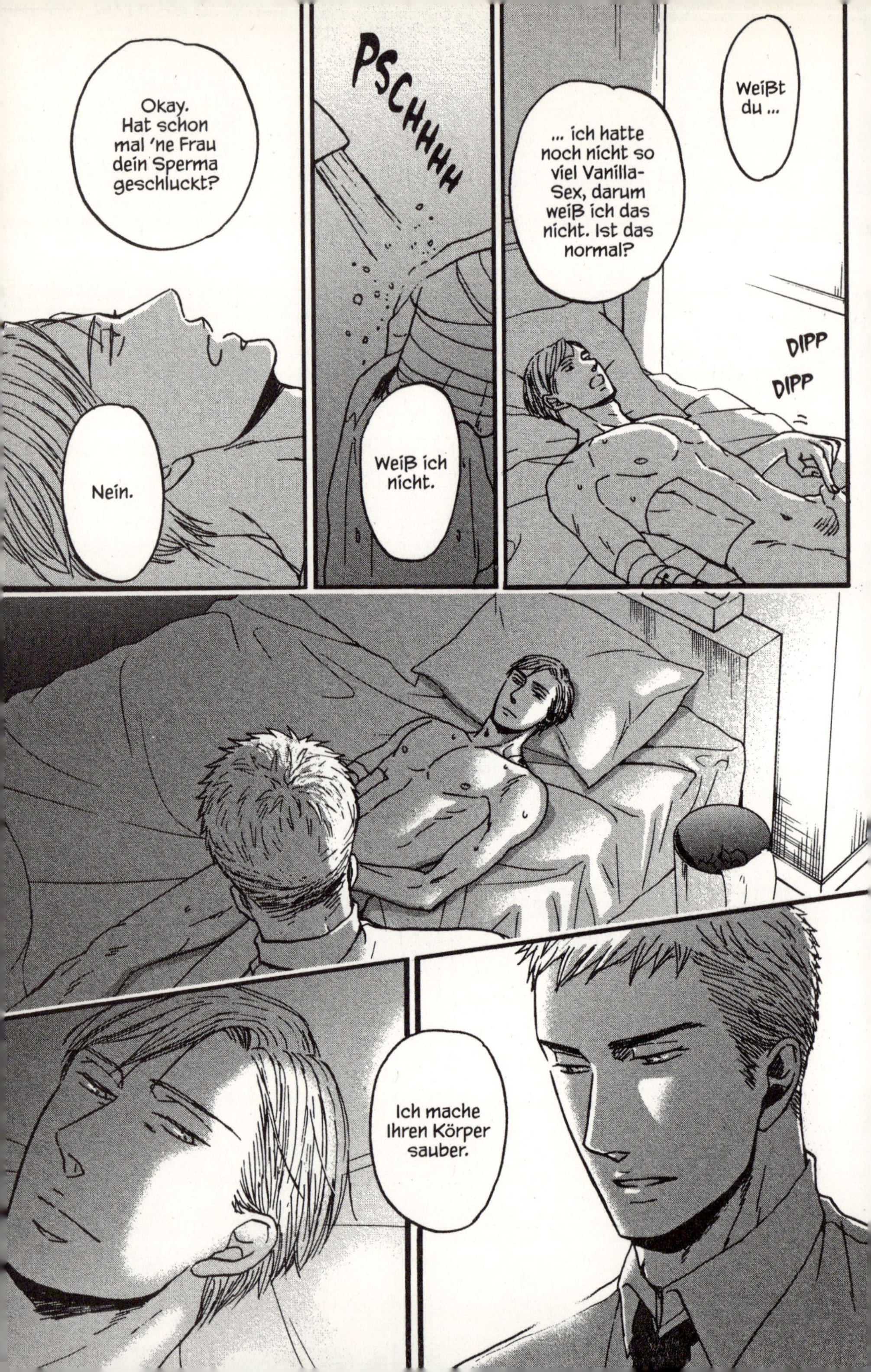
Weißt du ...
DIPP
DIPP
... ich hatte noch nicht so viel Vanilla-Sex, darum weiß ich das nicht. Ist das normal?
PSCHHHH
Weiß ich nicht.
Okay. Hat schon mal 'ne Frau dein Sperma geschluckt?
Nein.
Ich mache Ihren Körper sauber.

KNARZ
Der wird gleich von selber schlapp.
In Ordnung.
Ich bringe Ihnen etwas zum Saubermachen.
Mh ...
Sag mal, was hast du eigentlich mit meinem ... Dings gemacht?
Dings?
Na, du weißt schon, was ich meine!
Nein, weiß ich nicht.
Na, mein Sperma natürlich, Mann!
Mein Samen!
Mein Lustsaft!
Das habe ich geschluckt.
Alles ...?
PSCHHHH
Ja.
...

Kh ...!
...
Mh ...!
Mh ...!
Haaaah!
Haaaah!
Haah!
Haah!
Er ist immer noch steif.
Soll ich weitermachen?
Haah ...
Nein, lass ...

Raaah ...!
Haah!
Haah ...! Hh ...! Hh ...!
Haah!
ZUCK
Mh ...!
Hah ...
ZUCK
Mh ...
Mh ...!
SPLUTSCH
Ich ...
SPLUTSCH
... komm noch ...!
Lass ...
... mich ...!

Aah ...!
Mmh ...!
Kh ...!
Haah! Aah!
Aah!
Aah ...!
Ich ...
... kom...
... komme!

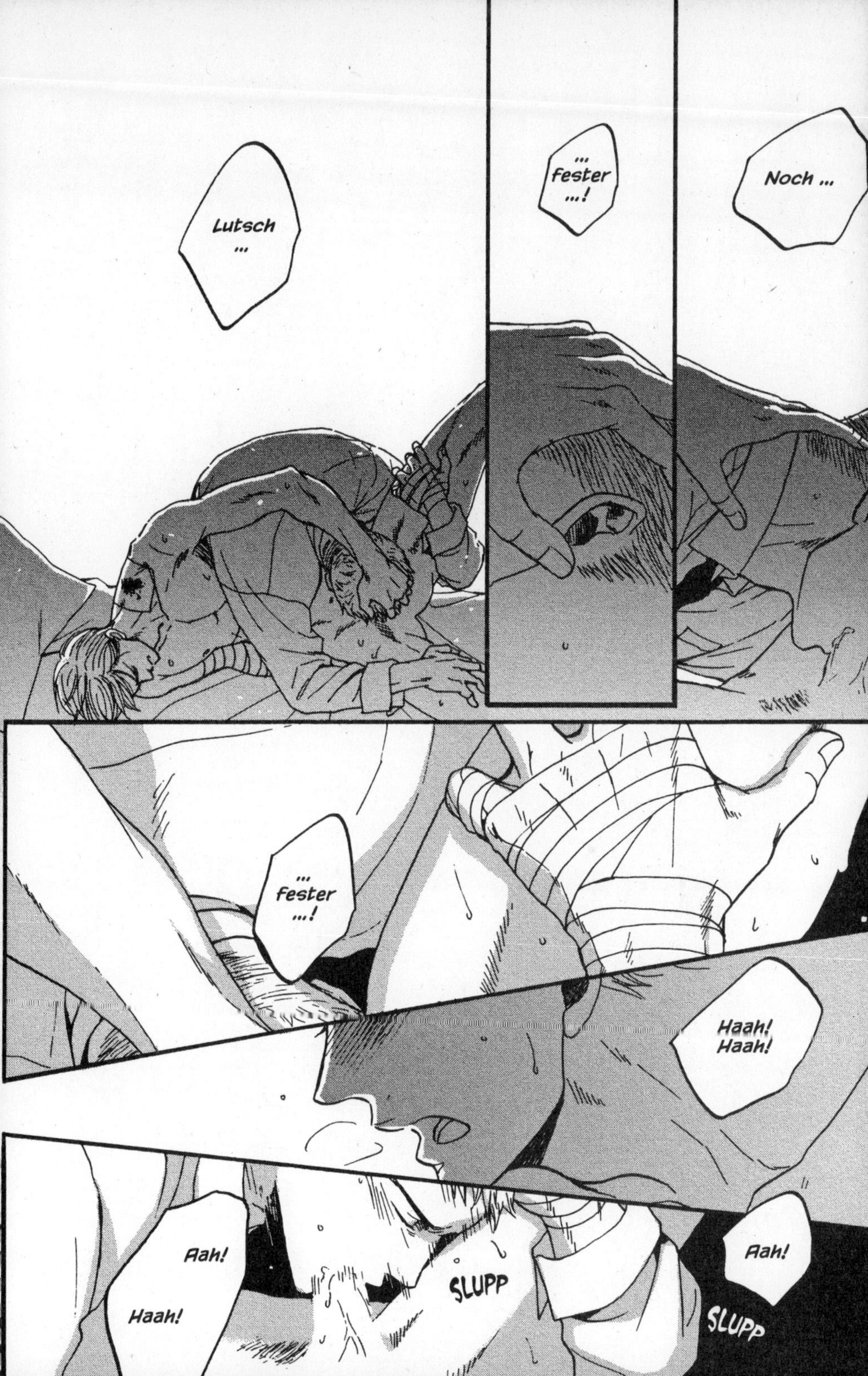
Noch ...
... fester ...!
Lutsch ...
... fester ...!
Haah! Haah!
Aah!
SLUPP
SLUPP
Aah!
Haah!

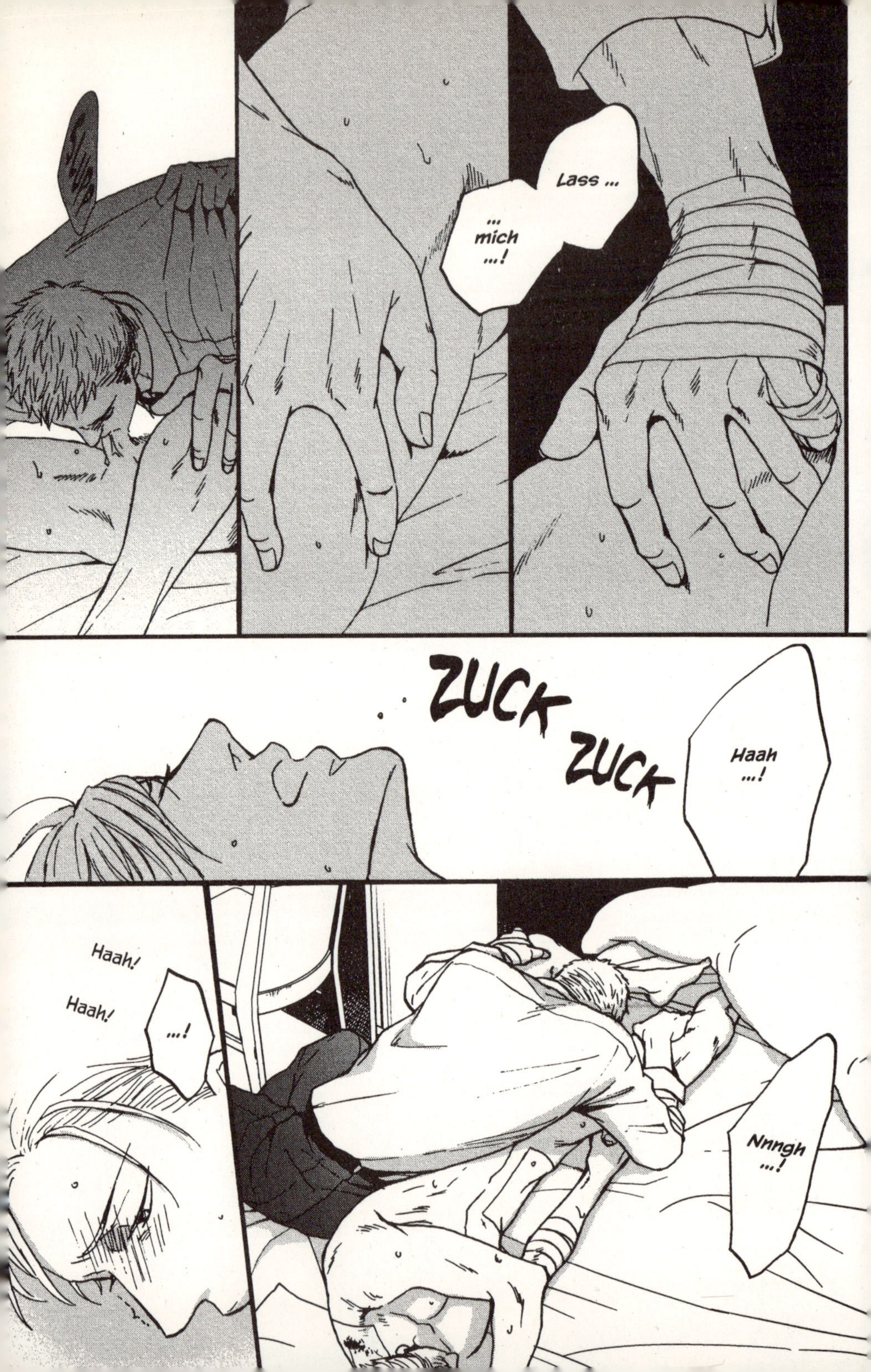
Lass ...
... mich ...!
ZUCK ZUCK
Haah ...!
Haah!
Haah!
...!
Nnngh ...!

Du ...
... Hohl...
Hah!
...kopf!
Das musst ...
... du nicht ...!
Hörst du ...?!
SLUPP
Kh ...!
ZUCK
ZUCK

Hab ... ge...
Kch ...
... geben ...

Ob du dem Chef deine Informationen gegeben hast?!
DRÜCK
Ngh ...!!
Agh ...!
Hil...!
Gargh ...!
Kh ...!
...!
PRESS
Doumeki! Hör auf!
Bullen bringen nur Ärger!

D... Du verlierst ...
... also auch sofort die Nerven ...
Du hast das Zeug zum Yakuza ...
Du bist derselbe Abschaum ... wie dein Vater.
Du stehst noch unter dem perversen Yakuza da drin.
Du scheinst auf ihn abzufahren, also verrat ich dir was.
Die scheiß Schwuchtel fängt voll das Schreien an, wenn man ein bisschen in ihren Wunden bohrt.
Für einen totalen Masochisten hält der echt wenig aus.
Und obwohl ich seinen Schwanz nicht mal angefasst hab, hat er getropft vor lauter Freude. Widerlich.
Hast du ihm die Informationen gegeben?
Hääh?

WOMPF
Gagh ...!
Argh ...!

Woher wissen Sie all diese Details ...?
Was reißt du denn die Augen so auf?
Dachtest du, ich wüsste von nichts?
Die, die damals im Dezernat waren, wussten über wirklich alles Bescheid, was deine Familie so verzweifelt versucht hat, geheim zu halten!
Dein Vater war ein Heuchler, der ein Kind aufgenommen hat, um sich an ihm zu vergehen.
Na ja, da's nicht ihr echter Vater war, hatte vielleicht auch deine Schwester ihren Spaß dran.

Wir sind fertig.
Er ist grad ohnmächtig.
Schlag ihn, dann wacht er wieder auf.
Du sollst mich doch nicht so grimmig anschauen.
Sag mal, geht's deiner Schwester eigentlich gut?
Sie müsste jetzt so um die 20 sein.
Nach dem, was sie durchgemacht hat, ist sie doch sicher nicht ganz normal.
Da dachte sie, man hätte sie aus dem Heim in eine liebende Familie geholt, und dann wird sie ausgerechnet dort vergewaltigt.

... bin ich aufgeschmissen.
Ich beschütze den Chef mit meinem Leben.
Betrachten Sie mich als Kugelabwehr und lassen Sie mich bei ihm bleiben.
Von wegen aufgeschmissen! Beherrsch dich mal!
Du bist doch kein Kind mehr!
Sonst wirst du irgendwann noch ...
Was macht ihr hier draußen für ein Geschrei?

Mach uns das nicht kaputt!
Ich wollte ein Auge zudrücken, weil du dir den Finger abgeschnitten hast, aber das kannst du jetzt vergessen.
Auf deine abartigen Gefühle kann ich verzichten. Hau bloß ab!
Na, wie sieht's aus?
Los, mach dein Maul auf!
Du sollst mir antworten ...!
Alleine ...

Ich weiß, mir als Ranguntersten steht das nicht zu ...
... aber ich bitte Sie trotzdem.
Häää?
Lassen Sie mich alleine eintreten, wenn die Türe aufgeht.
Hääh?!
Du kennst deinen Platz und stellst trotzdem solche Forderungen?
Ja ...
Lüg mich nicht an!
Was war dann das, was ihr bei Doc Kageyama getrieben habt?
Ich bin nicht so wie Bruder Nanahara. Die Sexgelüste des Chefs find ich ehrlich gesagt abstoßend.
Früher hat er sich nie an irgendwen aus der Gruppe rangemacht. Vor allem an keinen vom Fußvolk. Da hatte er Prinzipien.
Darum hatte ich kein Problem damit, ihm zu folgen. Bei den anderen war's genauso.

# Twittering Birds Never Fly

## Kapitel 16

Twittering Birds Never Fly

SCHLEIF
SCHLEIF
Scheiße ...!
Was ist der Penner so schwer ...?!
NOTAUSGANG
Und wieso muss ...
... ausgerechnet ich ...
... das übernehmen ...?!
DOMPF
Haah!
Haah!

Hah!
Nicht ...
... so ...!

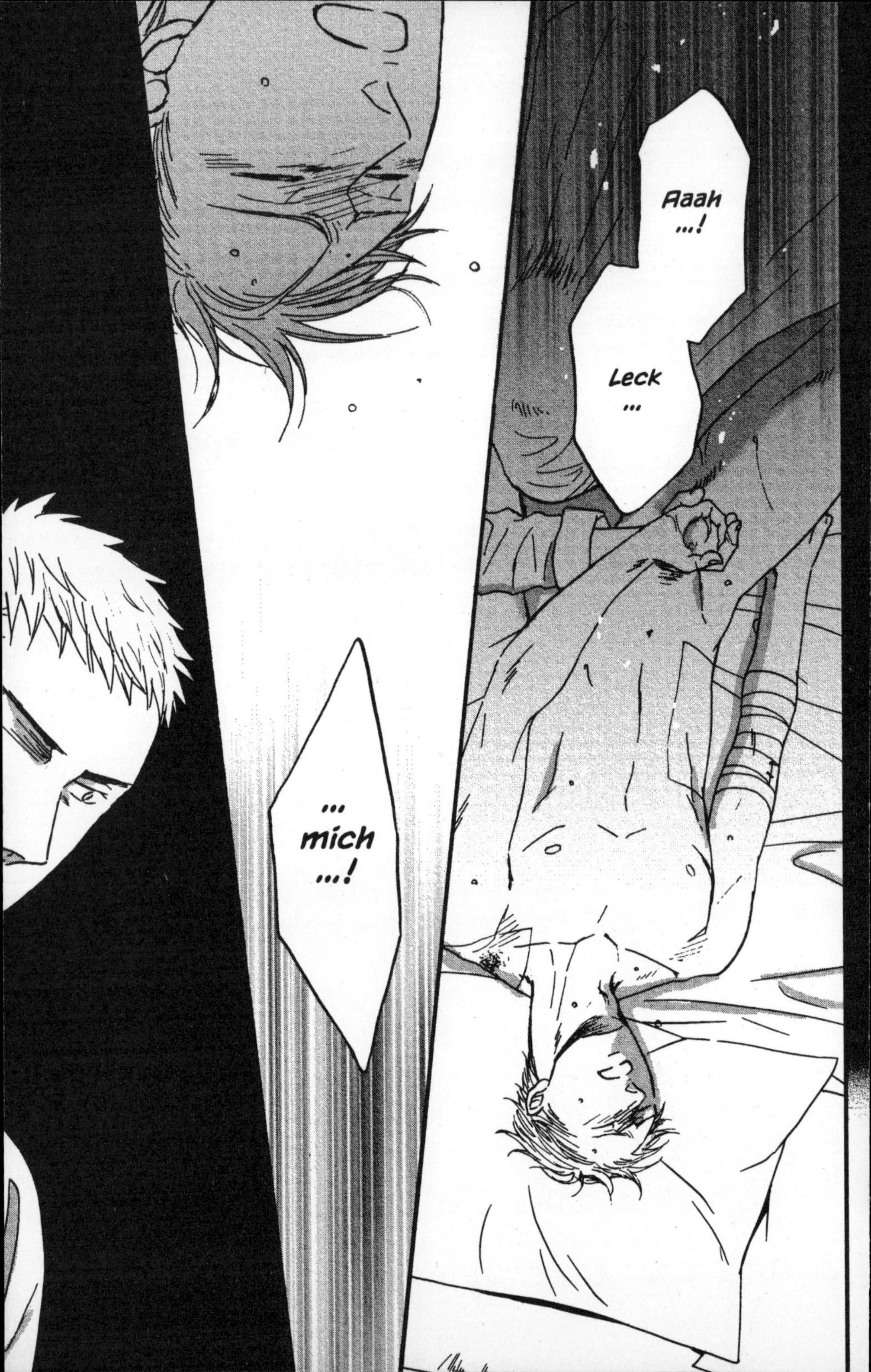
Aaah …!
Leck …
… mich …!

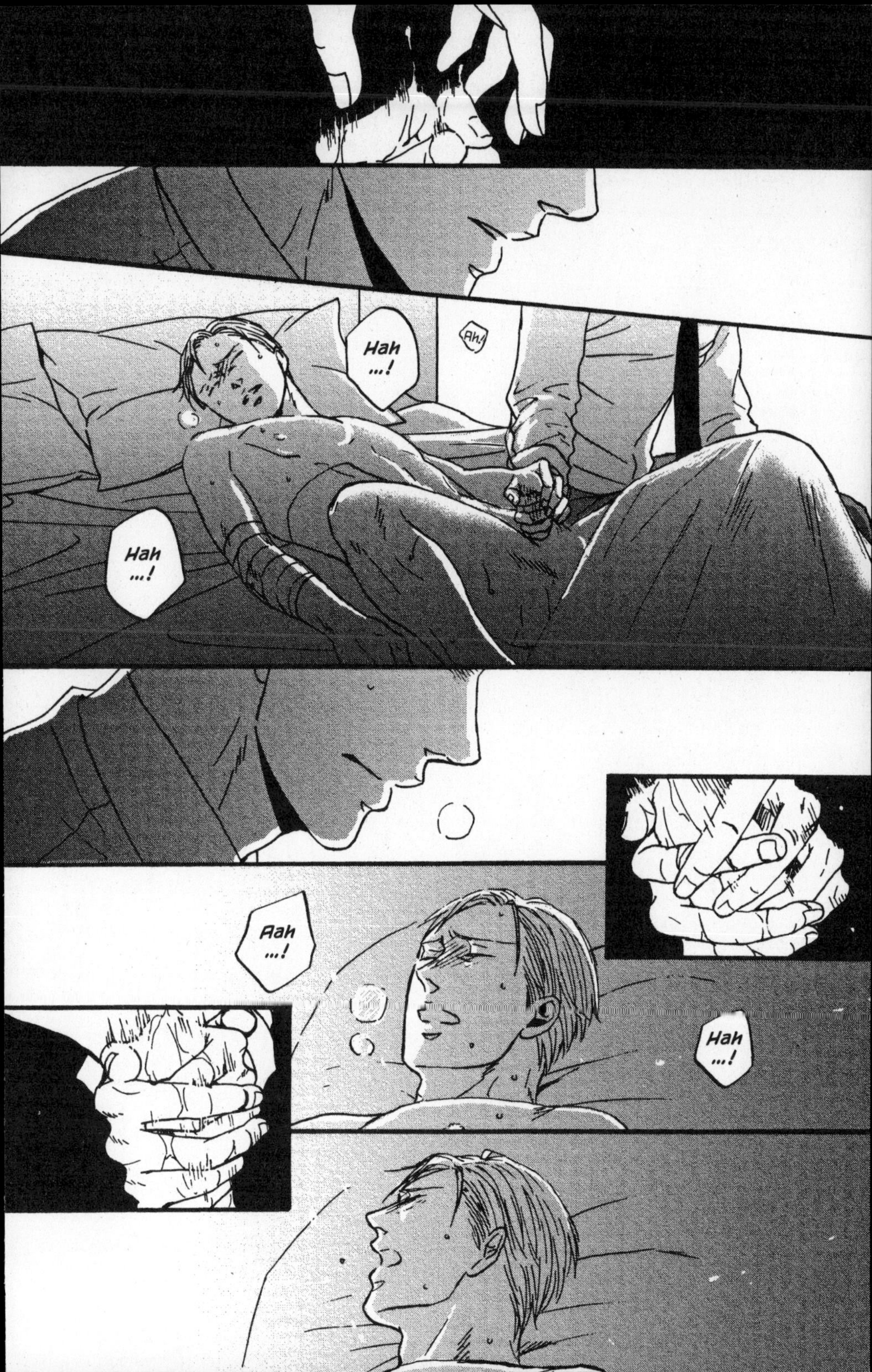
Hah ...!
Ah!
Hah ...!
Aah ...!
Hah ...!

Ich helfe Ihnen.
Hah!
Hah!
Hah!
Mh ...
Hah!
Haah ... Ah ...!
Er ist mit zu viel Herzblut dabei ...
Hah ...!
Ah!
Ngh ...!
Huh ...!

Nanu?
Stimmt, da hat er recht.
Es hat …
… nichts weiter zu bedeuten.

Er ist ab.
Mh ...
Wo steckt eigentlich Sugimoto?
Ich habe ihm gesagt, er soll draußen warten.
Hmm ...
Warum?
Weil es mir so lieber ist.
Hmmm?
Dann ... geh du auch raus.
Ich will abspritzen.
Warum auf einmal?
Bisher hat es Ihnen doch auch nie etwas ausgemacht, es vor mir zu machen.

...
Ähm, Doumeki ...
Jawohl.
Interpretier das jetzt nicht falsch.
?
Er hat einen Schnürsenkel um die Wurzel von meinem Schwanz gebunden, das tut weh.
!!
Ich hab versucht, ihn selbst abzumachen, aber mit einer Hand ging das nicht.
SCHNAPP

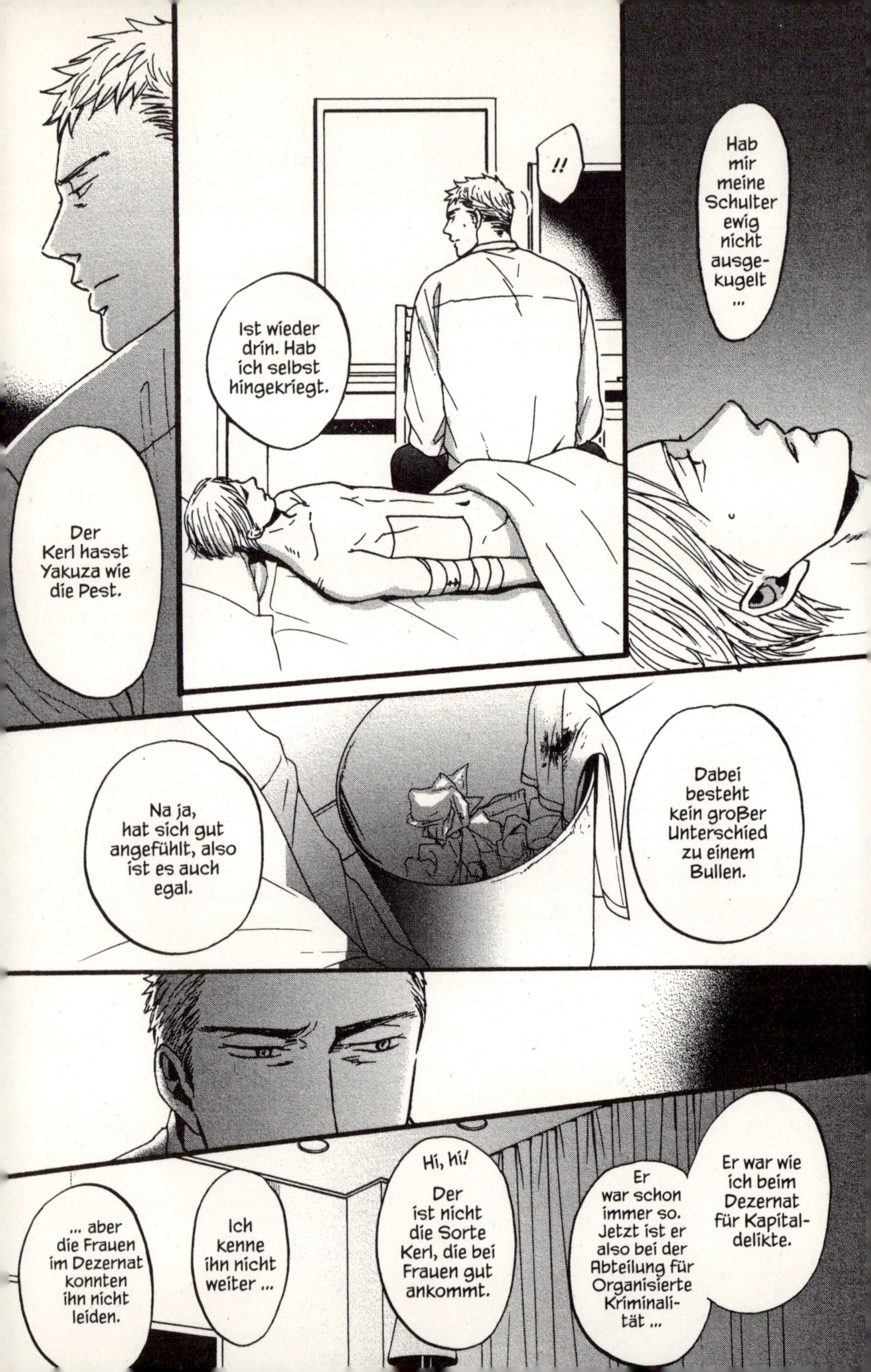
Hab mir meine Schulter ewig nicht ausgekugelt ...
!!
Ist wieder drin. Hab ich selbst hingekriegt.
Der Kerl hasst Yakuza wie die Pest.
Dabei besteht kein großer Unterschied zu einem Bullen.
Na ja, hat sich gut angefühlt, also ist es auch egal.
Er war wie ich beim Dezernat für Kapitaldelikte.
Er war schon immer so. Jetzt ist er also bei der Abteilung für Organisierte Kriminalität ...
Hi, hi!
Der ist nicht die Sorte Kerl, die bei Frauen gut ankommt.
Ich kenne ihn nicht weiter ...
... aber die Frauen im Dezernat konnten ihn nicht leiden.

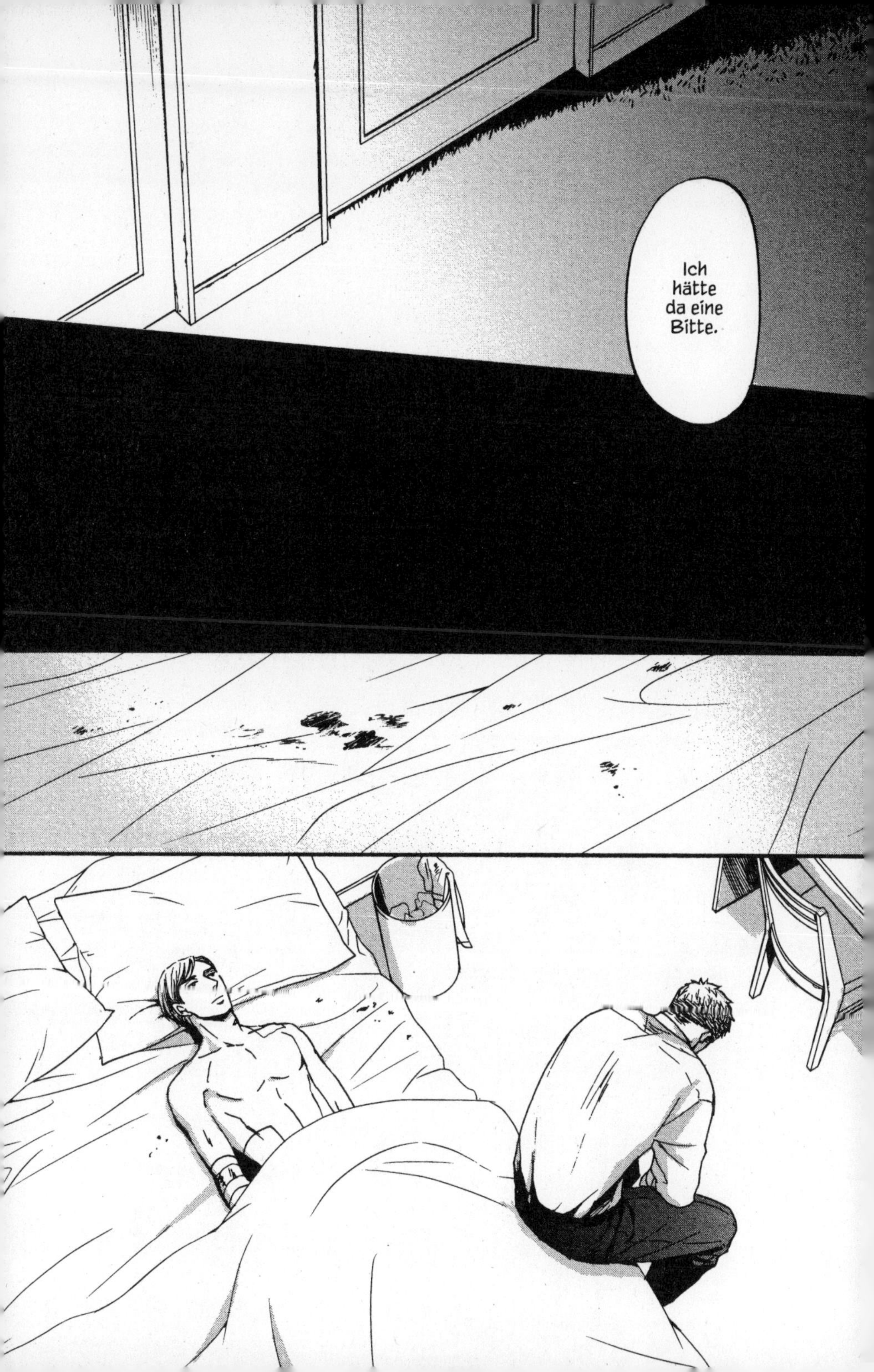
Ich hätte da eine Bitte.

!!
RÜTTEL
RÜTTEL
Ey, stopp!
RÜTTEL
Das bringt nix, Doumeki, das ist 'n automatisches Schloss!
!
Ein automatisches ...
Was ist denn los? Die vögeln da drin doch bloß.
PRESS
Herr Sugimoto ...

Wichser ...! Mach so was Widerliches ja nie wieder ...!
Wir machen gleich doch noch widerlichere Sachen.
Und Küssen von Sex zu trennen ist auch extrem widerlich.
Nur, dass das klar ist, ich bescher dir keine schönen Stunden!
KNARZ
Au ...!

Pfff!!
Wa, ha, ha, ha!
Du bist ... allen Ernstes zum Yakuza abgestiegen ...?!
Hi, hi!
Und noch dazu ...
... unter dieser Schwuchtel ...!
Hi, hi!
Was hast du denn im Knast gelernt, häh ...?!
Und, Doumeki? Hast du's schon mit dem Homo hier getrieben?
Ey, wusstest du das, hä?
Hat seinen eigenen Vater fast umgebracht. Dem sein Gesicht und sein Körper sind total entstellt.
Mal unter uns, als ich noch beim Dezernat war ...
... hat's alle gegraust, wie man seinen eigenen Vater so vermöbeln kann.
Du bist nicht viel anders als dein Vater, der dauernd über seine Tochter drübergegangen ist.
Du pervers...

Doumeki.
Du verdirbst mir den Spaß, also warte vor der Tür.
Hörst du?
Oder willst du, dass er uns zusieht?
Soll er deine Rosette sehen?
Doumeki?
Häh?!
!
Du bist ... Chikara Doumeki ...?!!

Na? Ist jetzt alles geklärt?
Ja. Bringen wir's hinter uns.
GRABB
Was heißt hier ...
... „hinter uns bringen", du dreckiger Yakuza?!
Kh ...!
Schon verges-sen, mit wem du's zu tun hast?!
BADOMPF
Chef ...!
Bleib wo du bist, du Affe!
Du willst doch, dass dir ein Kerl sei-nen Schwanz hinten rein-schiebt?
Los, sag deinem Köter ... dass du einfach nur mit mir fickst ... Klar?

Ich dachte, Sie würden nicht kommen, wenn Sie Bescheid wüssten.
Hier, Ihr Fickfreund ist dran.
Sorry, Yashiro. Er war die Quelle für die Matsubara-Drogen-Geschichte. Als er weitergeforscht hat, ist die Sache zwischen uns aufgeflogen.
Als Gegenleistung für seine Informationen hat er verlangt, dich zu treffen.
„Treffen"? Guter Witz.
Dem sieht man an der Nasenspitze an, dass er 'nen Kerl ficken will.
Gut, dass du's selbst ansprichst.
...
Es reicht, wenn du einfach nur mit ihm schläfst.

!
Oh, haben wir uns im Zimmer geirrt?
Haben Sie nicht. Sie sind Yashiro, Unterboss der Shinsei-Gruppe?
Inami, Referat Fünf der Abteilung für Organisierte Kriminalität.
Was wollen Sie?
Ich bin ein Kollege Ihres Fickfreunds. Kommen Sie rein.
Keine Sorge, ich werd Sie nicht gleich festnehmen.
WUPP
Na, da gäb's ja auch keinen Grund für.
Sie waren es doch, der aus der Wohnung des Mädchens Ihres Untergebenen geschossen hat, oder?
Keine Ahnung, wovon Sie da reden.
Sie lügen ja, ohne rot zu werden.

Ich hab so eine Stinkwut.
Ich bin nicht das eigentliche Ziel von Hirata.
Es geht ihm einzig und allein um Yashiro.
TUUT
TUUT
TUUT
MANGA
DVD
FLATRATE

Hier ist Ihre Mailbox. Sie haben eine neue Nachricht.
SPIELHALLE
Matsuda. Ich bin's. Wie geht's Ando?
Meld dich, wenn's ihm gut geht.
Ich kann dir nicht sagen wo, aber ich bin jetzt woanders.
Die sind zu zweit angerückt und haben mich ordentlich in die Mangel genommen.
Dieses Aas …!
Wenn ich noch mal die Chance kriege, kill ich ihn wirklich …
Na, egal. Das betrifft euch nicht.
Ihr macht gar nichts eiter, sonst schaufelt r euch nur er eigenes Grab.

Amou.
Ja-wohl.
Find raus, wo Yashiro steckt, und beschatte ihn.
Weder er noch seine Leute ...
... dürfen etwas davon mitkriegen.

Es ist besser, Sie wissen von nichts.
...
Das ist eine blödsinnige Streiterei unter Handlangern.
Das würde Ihnen nur wertvolle Zeit stehlen, o großer Vorstandspascha.
Sag mal ...
Ich bin alt genug, meine Scheiße selbst wegzuputzen.
Na ja, wenn Sie das aber unbedingt übernehmen wollen ...
... lass ich Sie ran, wenn wir uns das nächste Mal sehen.

DRRRING
Ja?
Yashiro, ich bin's. Wo steckst du?
Das ist geheim.
Was heißt hier geheim, du Idiot? Und wieso haust du einfach aus der Klinik ab?
Warum rufen Sie an? Ich bin auf dem Weg, mir in den Arsch spritzen zu lassen.
...
Weißt du schon, dass dein Attentäter umgebracht wurde?
SST
Ja.
Was sagst du dann dazu, dass Hirata Ryuzaki gelinkt hat und zusammen mit dir ...
Herr Misumi.

Aber ...
... ich sage auch nicht, dass ich möchte, dass Sie aufhören.
Wenn es das ist, was Sie wollen ...
... muss ich es so akzeptieren.
DRRRING

Stimmt ja, als du mir einen runtergeholt hast, war's ganz genauso.
Du hast mich keine Sekunde angesehen.
Nanu?
Eigentlich willst du mich weder ansehen noch anfassen, aber ich bin nun mal dein Vorgesetzter und kann meinen Arm nicht bewegen.
Sind mir solche Dinge denn wichtig?
Halt, Moment.
Du hast dir für mich ja sogar einen Finger abgeschnitten. Du bist mein Gefolgsmann. Du hast gesagt, du tust, was ich verlange.
Eigentlich wolltest du es mir nicht mit dem Mund machen, aber wenn's schon sein musste, dann sollte ich wenigstens schnell kommen ...
Ich möchte Ihnen nicht zusehen.
Was soll das denn jetzt?

Dann werde ich vor der Zimmertüre warten.
Bitte schließen Sie nicht ab, damit ich im Notfall einschreiten kann.
Hmmm, du siehst nicht zu?
Letztes Mal hat's dir doch auch nichts ausgemacht.
Wenn du dir Sorgen machst, musst du nur im Zimmer warten.
Oh!
Versteh schon.
Weil du beschlossen hast, immer bei mir zu bleiben, schaust du jetzt so enttäääuscht und unglückliiich.
Oh ... Was red ich denn wie so 'ne Teenie-göre?
Ich bin doch ein Mann.
Hör endlich auf, mich zu idealisieren.

Ein Hotel?
Der ist ja richtig motiviert.
Ich werde den Wagen parken.
Doumeki, du gehst mit dem Chef.
Ja-wohl.
Warte im Wagen.
Ich komme mit Ihnen.
STAPF
STAPF
Ich bin bloß hier, um zu ficken. Du störst nur, also wartest du.
Wenn du zuschauen willst, meinetwegen, aber geh ja nicht wie beim letzten Mal dazwischen.
Es ist einfach ein Rollenspiel.
...

Warum können Sie es nicht glauben?
Das haben Sie doch eben zu Boss Hirata gesagt.
Hm?
Ach so.
KNARZ
Bei einem, den man erschießen will, kriegt man normalerweise keinen Steifen.
Außer, man ist eine richtig perverse Sau.
Die beiden hatten direkt vor meiner Nase eine heimliche Affäre.
Verstehe.
Warum behauptet Boss Hirata dann, Boss Ryuzaki wäre der Täter ...?
Er wird dafür geradestehen.

Machen Sie sich keine Sorgen.
Ich sorge dafür, dass Ihnen daraus keine Unannehmlichkeiten entstehen, Vater.
Er wird dafür geradestehen.
Amou.
Jawohl.
Du hattest doch gemeint ...
... die Matsubara-Gruppe würde Drogen verticken. Ist das wahr?
Ja. Die Rede ist von äußerst reinem Stoff der Spitzenklasse.
Was hältst du davon?
Es überrascht mich. Boss Ryuzaki ist niemand, der in solchen Sachen bewandert ist.
Ich halte es für sehr wahrscheinlich, dass er einen Komplizen hat.
...

Ich seh schon dein grinsendes Gesicht vor mir ...
Sag mir wo, dann komm ich sofort hin.
Ryuzaki, sagst du?
Kein Zweifel. Ich habe es aus Yashiros Attentäter rausgeholt.
Ich kann das nicht glauben ...
Yashiros Untergebener Nanahara hatte vor Kurzem Zoff mit Matsubara-Leuten.
Vielleicht hat er es aus Wut getan, ohne an die Konsequenzen zu denken.

Ich bin's.
Hab rausgefunden, wo Ryuzaki steckt.
Jetzt erst? Du lässt mich aber zappeln.
Er hatte sich die ganze Zeit versteckt gehalten.
Jetzt ist er in Bewegung. Ich warte auf einen Anruf von seinem Beschatter.
Wo ist er?
Sorry, aber erst will ich meine Belohnung.
Hääh? Kohle ...
Keine Kohle. Du bist doch verletzt, oder?
Du kannst nur noch einen Arm bewegen.
...
Ach, darum geht's dir?

Der Beschreibung nach sind es zwei Kerle, die in letzter Zeit bei Hirata ein- und ausgehen.
Sugi-moto.
Zieh die zwei Beschatter von Hirata wieder ab.
Jawohl!
Chef!!
Kommt nicht in Frage!!
Schau gefälligst auf die Straße.
Sind wir wirklich so wenig vertrau-enswür-dig?!
Ja. Grün-schnäbeln wie euch bin ich keine Erklärung schuldig.
Haltet einfach die Klappe und tut, was ich sage.
Da...
Das ist so mies!
DRRING
Njaah?

Ich lasse Hirata wie von Ihnen gewünscht von zwei Mann beschatten.
Sie haben gesagt, es ist eine reine Vorsichtsmaß-nahme, aber nicht, dass sie zu seinem Schutz ist.
Na, von mir schon mal sicher nicht.
Chef ...!
Was hat das zu bedeuten? Haben Sie außer Ryuzakis Drogen-geschäften noch irgendwas raus-gefunden?
Wenn Sie nicht langsam reden, kann ich meine Arbeit nicht machen.
Chef.
Ich muss Sie ebenfalls bitten, zu reden.
Wir haben einen Augenzeugen, der zwei Typen gesehen hat, wie sie den Kerl verfolgt haben ...
...

Chef, ist irgendwas passiert?
Warum wollten Sie plötzlich gehen?
Nichts weiter Wichtiges.
Der Kerl, der das Attentat auf mich verübt hat, wurde bloß umgebracht.
!
War es wirklich der Attentäter?
Scheint wohl so gut wie sicher zu sein.
...
Was ... sollen wir davon halten?
Keine Ahnung. Soll vielleicht einfach eine Warnung sein.
Hätte er nur schweigen sollen, hätten Betonschuhe gereicht.
Wenn es eine Warnung ist ... von wem kommt sie?

Tut mir leid ...
!
Nimm die, die wirken besser.
Und pass mit der Dosis auf.
He... Herr Doktor ...!
Und beklau mich ja nie wieder!
Ja-wohl ...
Also dann.
Kaaa-geee!
Was denn noch?
Das war irgendwie eklig.
Gib mir sofort die Medikamente zurück!!
Nein.

So, dann gehen wir mal ...
Haah ...
Hatschi!
...!
...
Chef!
Auaaa ...!
Yashiro!!
Was fällt dir ein, dich einfach rauszuschleichen?!
Shit.
Die Nervensäge ist hier.
Wie war das eben?!
Öh ... Hast du was gehört, Sugimoto?
Willst du etwa schon wieder ...?! Deine Verletzungen sind noch nicht viel besser geworden!
Entschuldigung, Herr Doktor, dass wir Ihnen solche Umstände bereiten.
Werden sie denn besser, wenn ich stillhalte?
Sugimoto, du gibst mir sofort die Schmerzmittel wieder, die in deiner Tasche sind!
!!

Twittering Birds Never Fly
Kapitel 15
Twittering Birds Never Fly

Hah!
Kh ...!
Hi ... Hi, hi ...!
Einfach lachhaft!
„Akzeptieren"?!
Dieser unreife Wicht ...?!

Wenn du mir wirklich dankbar bist ...
... dann akzeptier langsam mal, dass du ein Yakuza bist.
KLIRR
Kh ...!!

Eine Matratze und Lover als Unterboss ...
Dabei hatte ich noch nicht mal meine eigene Gruppe.
Aber doch nur, weil du es nicht darauf angelegt hast.
Was glaubst du, warum du jetzt hier bist?
Es hat weder jemand so gedeichselt, noch ist es einfach so passiert.
Es ist der Weg, den du selbst gewählt hast.

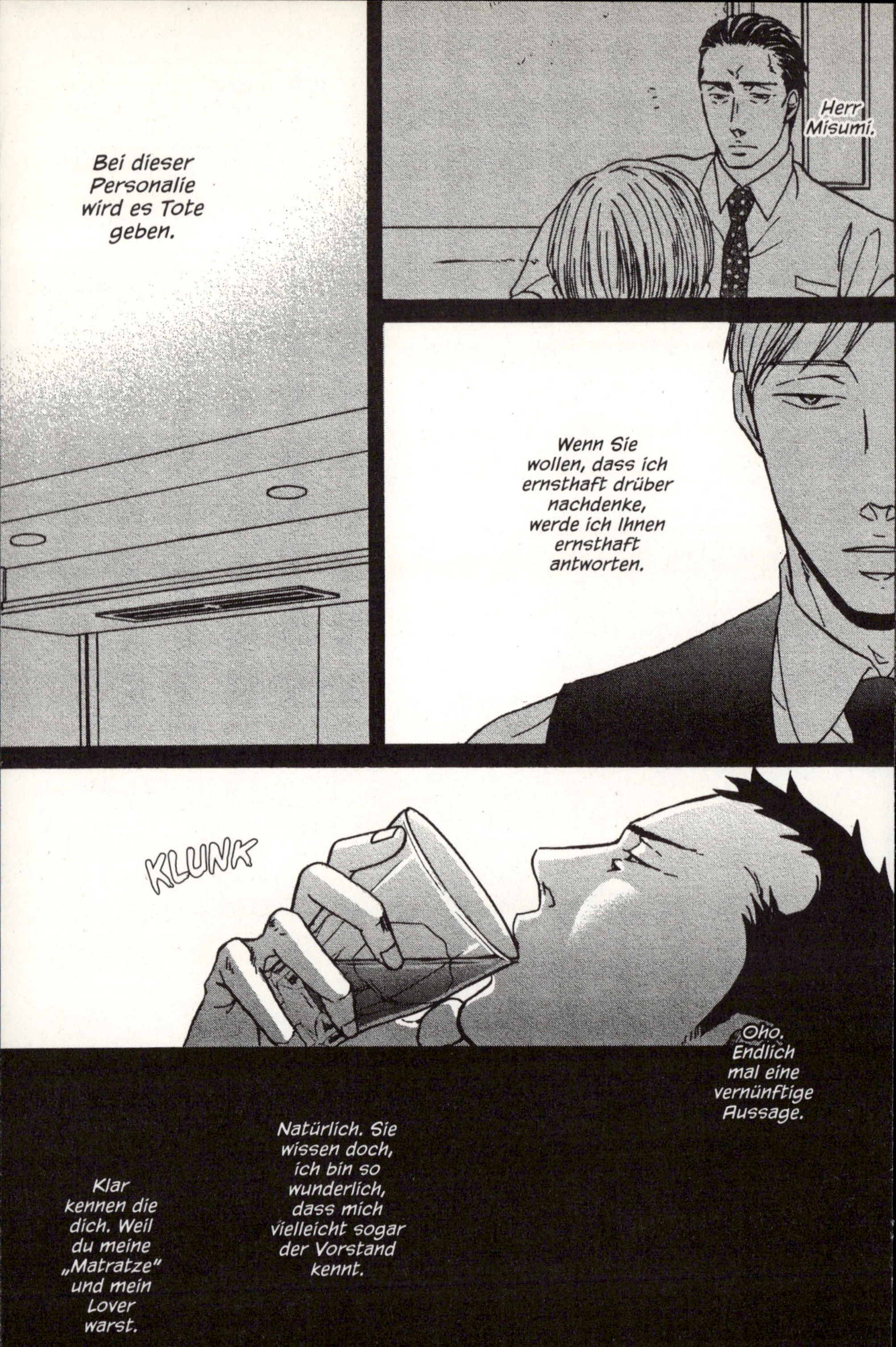
Herr Misumi.
Wenn Sie wollen, dass ich ernsthaft drüber nachdenke, werde ich Ihnen ernsthaft antworten.
Bei dieser Personalie wird es Tote geben.
KLUNK
Oho. Endlich mal eine vernünftige Aussage.
Natürlich. Sie wissen doch, ich bin so wunderlich, dass mich vielleicht sogar der Vorstand kennt.
Klar kennen die dich. Weil du meine „Matratze" und mein Lover warst.

Yashiro, hast du drüber nachgedacht?
Hm? Worüber doch gleich?
Idiot. Wenn ich als Nachfolger feststehe, will ich dich zum Unterboss des Syndikats machen.
Aah ... Ach so. Stimmt, da war was.
Tu das gefälligst nicht so ab. Du sollst ernsthaft darüber nachdenken.

Hey, willst du was essen?
Ich hab doch gesagt, ich brauch nichts, verdammt!!
Wenn du das nicht kannst, servier ich stattdessen dich ab!
Kh ...!
Hirata, dieses Schwein!!
ROMMS

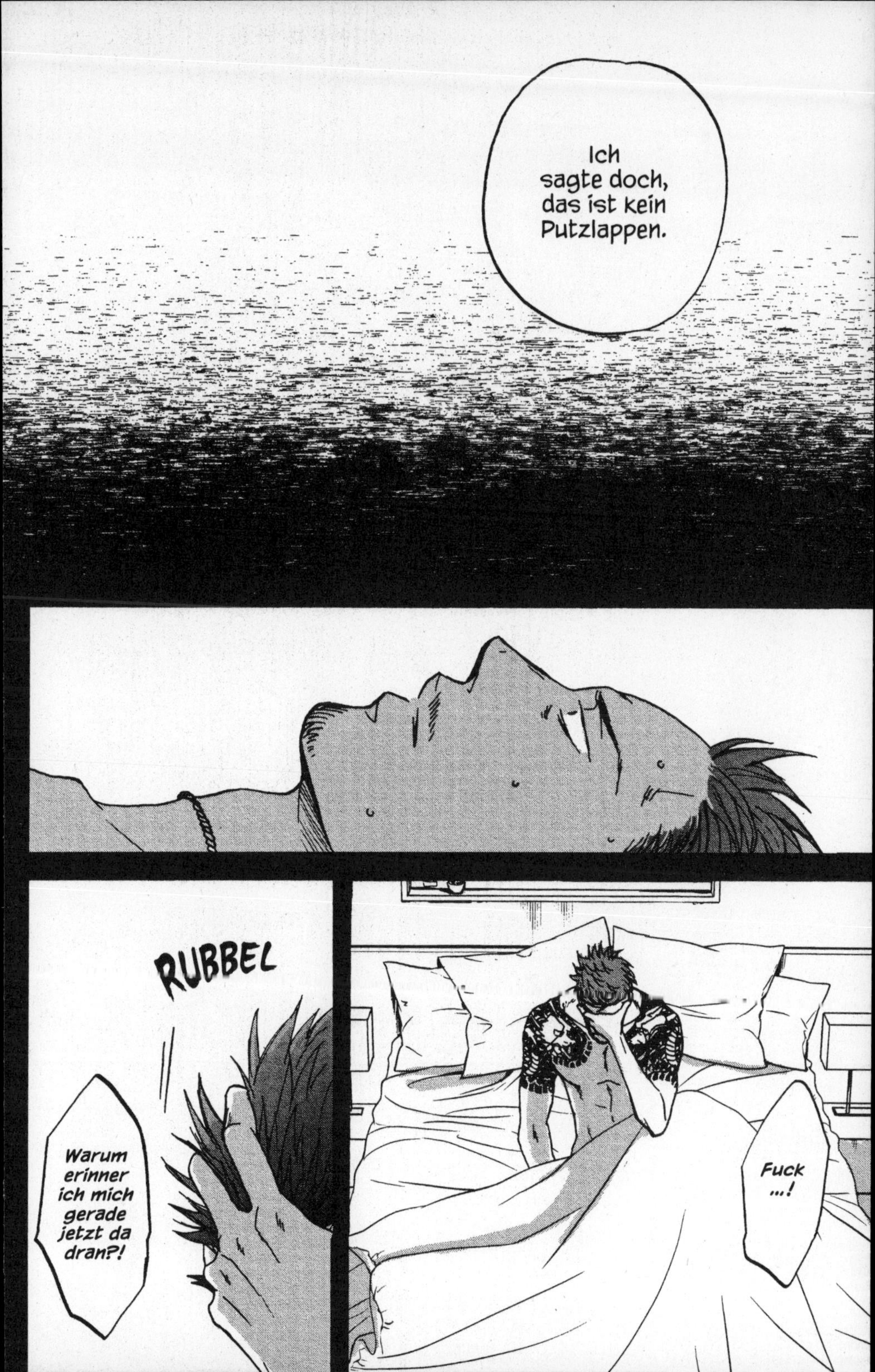
Ich sagte doch, das ist kein Putzlappen.
Fuck ...!
RUBBEL
Warum erinner ich mich gerade jetzt da dran?!

Hey.
Nächstes Mal bring ich was zum Fesseln mit.
Du musst mich noch härter rannehmen.
Ruhig so wie den Putzlappen da.

Und ... Was war die zweite Frage ...?
Ach so, ja.
Ob ich auf Kerle stehe.
Mich verlieben ...
Brauch ich nicht.

SEIDIG
Ey. Stehst du eigentlich auf Kerle?
Wärst du gerne 'ne Frau oder so?
...
Du fragst ja komische Sachen ...
Was ist daran komisch?! Ist 'ne ganz normale Frage! Los, jetzt sag schon!
Hmmm ... Manchmal beneide ich Frauen.
Sie finden immer 'nen Kerl zum Vögeln, einfach nur, weil sie Frauen sind.
Aber das ist auch schon alles.

Gehst du nicht mit?
WUPP
Hab kein Hunger.
Hmmm ...
TAPP
Ey!
ガラ
RATTER
Mach nicht ein-fach das Fenster auf!
Aber hier drin ist's heiß.
Haaaah ...
Tut das gut ...

Was ist das? Ein Putzlappen?
Ein Küchentuch. Frisch gewaschen.
Sperma stinkt, also mach dich sauber.
Mein Haar sind ganz verklebt
Du bist ja ziemlich abgegangen.
Hää?! Das ist nicht meins!
Ach ja? Was regst du dich so auf? Beweist doch nur, dass du gesund bist.
Ich reg mich doch gar nicht auf ...
Wo sind die anderen?
Kein Plan. Sind irgendwohin, was essen.
-HAM

Ey!
Gemein!
APP
Was ist daran gemein?
Iih, ist das kalt!
PFLATSCH

Du hast nicht genug Mumm, um die Fresse so aufzureißen!
Und genau deswegen nimmt Yashiro dich nicht ernst!
...!!
Bring ihn um.
Wenn du das nicht kannst, servier ich stattdessen dich ab!
Was ...?!!
War dir das nicht klar? Bei uns sind Drogen streng verboten.

Was ...?
Gefühle? Ich? Quatsch, so ein Unsinn.
Aha.
Dann bring ihn um.
Herr Hirata.
Wie können Sie Yashiro so leicht abservieren?
Egal, wie Sie im Innersten über ihn denken, dass Sie ihn sogar zum Unterboss gemacht haben, muss doch daran liegen, dass er Ihnen Profit gebracht hat.
Außerdem ...
... hätte so ein Vorfall jetzt doch sicher Auswirkungen auf Vaters Nachfolgepläne. Und auf Ihre Karriere.
Halt endlich dein verdammtes Maul!

Er hat mich doch bloß gewarnt ...!
Du steigst nicht nur mit jedem ins Bett, du hast auch noch 'nen Hau.
Wie willst du ihn dir unterordnen, wenn er all deine Schwachstellen kennt?
Nein ...!
Aber man kann ihn sicher noch für was gebrauchen ...!
Ryuzaki.
Du hast doch ...
... wohl hoffentlich keine Gefühle für Yashiro?

Bring Yashiro um.
Wa...
...!
Wie ...
Der Kerl weiß über den Stoff Bescheid.
Der macht noch Ärger. Du erledigst ihn jetzt gleich.
Mo... Moment! Warten Sie!

Wolltest du nicht wieder wie früher auf Yashiro herabsehen?!
Wer hat gesagt, dass du sein dreckiges Loch ficken sollst?!
KALANG
Kh ...!
Wer von euch steigt mit wirklich jedem ins Bett, häh?!
Der hat uns abgehört?
KNARZ
Na, egal.
TSCHACK

Kh ...!
Wie hat sich's angefühlt, nach so langer Zeit mal wieder einen Kerl zu ficken?
Na, Ryuzaki?
Woher wissen Sie davon ...?!

Was?
Ist das auch sicher?
Ja. Die Information stammt von jemandem aus Yashiros Umfeld.
Vater Misumi soll Yashiros Firma derzeit häufig besuchen.
...
Morgen ist die Entlassungs-feier bei Ryuzakis Gruppe, oder?
Rich-tig.
Wir fahren vorher noch bei Yashiro vorbei.

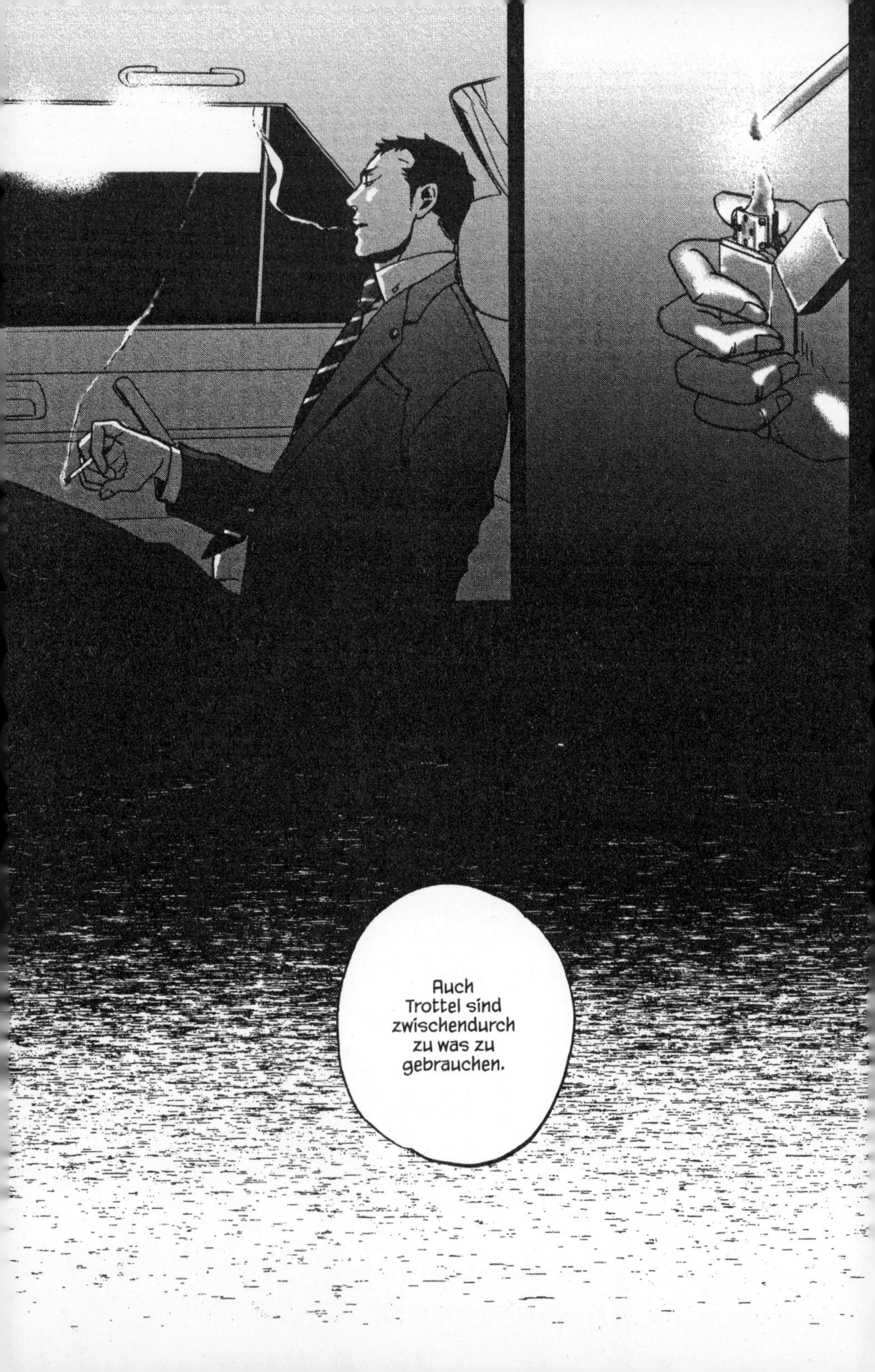
Auch Trottel sind zwischendurch zu was zu gebrauchen.

Also, Ryuzaki?
Willst du nicht wie früher wieder auf Yashiro herabsehen?
Ich hätte ...
... nur eine Bitte.
Und die wäre?
Bitte begleichen Sie meinen Mitgliedsbeitrag fürs Syndikat aus Ihrem Anteil am Profit.

Und ob Vater das erlaubt ...
Da kennst du Yashiro aber schlecht. Er wird dir folgen.
Und was wird dann aus Yashiro?
Ich glaub kaum, dass der sich mir einfach brav unterordnen wird.
Dem geht's nicht um eine eigene Gruppe.
Der lässt sich treiben wie 'ne Qualle, hält sich aus allem raus und scheffelt bloß Kohle.
Wenn das Prinzip der Gruppe es verlangt, wird er brav jede Stellung unter dir antreten.
Und keine Sorge wegen Vater. Ich mach ihm die Sache schmackhaft.

Pffff ...
Als Allererstes musst du ihr Vertrauen gewinnen.
Zuerst kaufst du ihnen eine kleine Menge ab, klar?
...
Keine Sorge, für dich springt auch was dabei raus.
Ich geb dir ... genau, sagen wir ein Fünftel vom Umsatz.
Ein Fünf-tel?!
Das lohnt sich ja gar nicht! Wenn ich hopsgenommen werde, ist der Ruf meiner Gruppe ...
Pass auf ... Wenn Vater Misumi die Nachfolge des Don antritt, bekomme ich auch einen ent-sprechenden Posten.
Und dann kann ich mir von ihm die Erlaubnis holen, dich zu meinem Sohn zu machen.
Die Matsubara-Gruppe könnte dann die Hälfte des Territoriums meiner Gruppe haben.
Mit anderen Worten: Aus unseren beiden Gruppen wird eine. Und du wirst ihr Unterboss.
Klingt doch gut, oder?
...!!

Sie wollen, dass ich Drogen verticke?
Genau. Vater Misumi ist kurz davor, die Nachfolge des Dons anzutreten. Darum brauchen wir entsprechend Kohle.
Aber Drogen sind bei uns doch ...
Als würde irgendeine Gruppe sich wirklich an alle offiziellen Regeln der Führung halten.
Das ist denen auch klar. Die akzeptieren das stillschweigend.
...
Du kennst doch die Goda-Gruppe? Es gibt da eine Gruppe Koreaner, die ihren Stoff bisher an die vertickt hat.
Letzten Monat wurde ein Vorstand der Goda-Gruppe verhaftet. Der hat 'nen Deal mit den Bullen gemacht und daraufhin wurden auch mehrere von den Koreanern verhaftet.
Die Ware kommt aus China. Ist über Korea eingeschifft worden und wird von den Koreanern jetzt im Hafen von Osaka verwahrt.
Zehn Kilo vom allerfeinsten Zeug.
Die wollen jetzt sicher einen Geschäftspartner, dem sie vertrauen können.

Ist doch so, oder, Ryuzaki?
Begleite mich doch mal wohin.

Weil der Kerl als „Matratze" berüchtigt ist, ja?
Die du auch schon oft genug benutzt hast.
...!
Aber jetzt ja wohl sicher nicht mehr.
Natürlich nicht. Ich doch nicht.
Dieser Quatsch gehört der Vergangenheit an.
Dann ist ja gut.
Du musst auch frustriert sein.
...
Der Kerl, den du für völlig kaputt gehalten hast, schläft sich an dir vorbei immer weiter nach oben.
Völlig egal, ob man ihn als „Matratze" bezeichnet. In unserer Welt ziehen alle den Hut vor jemandem, der Geld beschaffen kann und einen scharfen Verstand hat.

Ryuzaki.
Fahr mit mir mit.
Jawohl.
Ich dachte, Yashiro ist Unterboss. Warum taucht er nicht bei der Generalversammlung auf?
Hab ihm verboten zu kommen. Mit dem im Schlepptau fall ich doch nur auf.
Der will sowieso weder bekannt werden noch Karriere machen.
Außerdem will ich nicht, dass man mich mit Vater Misumi in einen Topf wirft.

Im Gegensatz zu mir ist Hirata kein geschickter Diplomat.
Er ist die Art Mensch, die sich das holt, was sie will, selbst wenn sie dafür ihre Freunde wegdrängt.
Yashiro mal ausgenommen ...
... warum werden nichtsnutzige Söhne wie ich zu so schwierigen Männern?
Sie bezeichnen sich selbst als Nichtsnutz?
Was denn? Irgendwas schlimm daran?
Nein ...
So ist es ja auch tatsächlich gelaufen.
Ich sag auch nicht, dass das schlecht ist.
...
Stimmt ja, du bist auch schwierig.

Was denkst du ...
... Amou-chen?
...chen ...?
Ääh ... Was fragen Sie mich das?
Es klang, als würde er Geld bereitlegen ...
Das weiß ich selbst.
Er will nicht mehr auf Linie sein.
Dass er extra hergekommen ist, um mir das zu sagen, heißt dann wohl, dass er einen höheren Posten als bisher will.
Haben Sie nicht vor, ihm den zu geben?
...

Ich dachte, dass Sie selbst als Unterboss des Syndikat-Vorstands meine Gruppe nicht begünstigen ...
... müsste ich angesichts der Mitglieder des Vorstands so hinnehmen.
Dass wir derzeit starke Unterstützung vom Kokuyu-Syndikat und der Takenaka-Gruppe genießen, verdanken wir gerade Ihrem Vorgehen.
Aber jetzt, wo die Nachfolge zum Greife nah ist, reicht das nicht mehr.
Wir müssen Ihre Opposition mundtot machen.
Halt, halt, Hirata, immer langsam.
Der Don hat noch nicht abgedankt.
Aber er ist bereits im hohen Alter.
Selbst wenn die OP ein Erfolg ist, wissen wir nicht, wie es danach weitergeht.
Na ja ... Das ist natürlich wahr.
Ich werde zumindest für mich Vorkehrungen treffen.
Bitte passen Sie gut auf sich auf, Vater.

Dann erkläre ich diese Vorstandssitzung hiermit für beendet.
Hast du mich durchschaut!
Ich hab den gleichen Trick schon zwei, dreimal gesehen.
Vater, das Telefonat eben ...
Wenn die Onkel vom Thema abkommen, kriegt man sie nun mal nicht anders wieder unter Kontrolle.
Ich bin dankbar, dass sie mir zur Führungsposition verhelfen, aber es ist problematisch, dass sie nicht auf Linie sind.
Anders als die Onkel ...
... bin ich ganz auf Linie.

Verzei-hung.
Ja, bitte?
Ah, Don. Wie geht es Ihnen heute?
Ja. Natürlich, ich verstehe.
Keine Sorge. Erholen Sie sich einfach in Ruhe.
Natürlich werde ich während Ihrer Operation zugegen sein.
Nein ...
Ja, ich verstehe. ... Bis dann.
Verzei-hung.
Wenn es keine Einwände gibt, werde ich also die Vertretung übernehmen.
Ich darf um Ihr Votum bitten.
Ja.
Ja.
Ja.

Das ist doch wohl nicht nötig, Misumi. Natürlich respektieren wir den Wunsch des Don.
Hey, stopp mal, das ist jetzt aber doch übertrieben.
Onkel ...
Immerhin haben Sie doch bisher auch schon die Hälfte übernommen.
Man könnte ja fast meinen, die Nachfolge wäre schon ausgekartet.
FÄCHEL
FÄCHEL
Die Nachfolge? Habe ich irgendwas davon gesagt, dass der Don abdanken wird?
Oder meinten Sie ...?
Wollen Sie etwa andeuten, dass der Don bei der OP sterben könnte, hä?!
Hääh?! Davon war nie die Rede!
DRRRRING

Ich denke, Sie alle haben bereits davon gehört.
Der Don geht nächste Woche ins Kranken-haus.
Er wird es frühestens zwei Monate nach dem Eingriff wieder verlassen können.
Da er diesmal so lange unpässlich ist, werde ich seine Vertretung übernehmen.
Es ist der Wunsch des Don, aber zur Sicherheit würde ich trotzdem gerne Ihre Meinung dazu hören.
Sollte es irgendwelche Einwände geben, zögern Sie bitte nicht, sie vorzubringen.

# Twittering Birds Never Fly

## Kapitel 14

Twittering Birds Never Fly

Wenn man mich fragen würde, was man als Yakuza unbedingt braucht ...
... würde ich vermutlich antworten ...
Erstens: Geld (Köpfchen, um es zu beschaffen) ...
... zweitens: Geld (Tüchtigkeit, um es zu beschaffen) ...
... drittens: Ansehen (Charme) ...
... und viertens: Macht (Karriereambitionen).
Allerdings ...

... Herr Hirata?
Sind Sie also immer noch der große Abhörmeister ...
Seit wann bist du so frech zu mir ...
... Ryuzaki?

Sie haben sich so große Mühe gegeben, ihn zu retten ...
... und er ist von sich aus in die Schusslinie gelaufen.
Ich lach mich tot.
Aber das wird unseren Boss echt enttäuschen.
Er hört uns schon die ganze Zeit zu ...
Wie wär's also, wenn Sie mal rangehen?

KLACK
KNARZ
I... Ich hab's euch doch schon gesagt! Lasst mich doch endlich gehen!
!
Nix da. Wiederhol nochmal das, was du eben gesagt hast.
E... Er hat gesagt ... ich soll kein lebenswichtiges Organ treffen ...
Und weiter?
Wenn Yashiro fliehen sollte, soll ich ihn nicht verfolgen ...
Und wer hat das von dir verlangt?
Ryu...
Laut und deutlich!
Ryu... Ryuzaki, der Gruppenboss!
Hi, hi, hi!

Die Sache ist erst erledigt, wenn Sie Yashiro abgemurkst haben.
Hääh?!
Das soll doch bloß nicht auf dich zurückfallen!
Meinen Sie mich damit?
Oder geht das an den Boss meiner Gruppe?
...
Na, ist ja auch egal. Ach, übrigens ...
War ja sicher keine Absicht, dass Sie ihn am Leben gelassen haben, oder?
Wohl kaum.
Das dachte ich mir.

Wollen Sie?
Kannste behalten.
Dann halt nicht.
Wissen Sie, wo Yashiro grade ist?
SCHMATZ
SCHMATZ
Keinen Schimmer.
In der Praxis von 'nem Arzt. Vermutlich hat er sich übernommen und seine Nähte sind aufgegangen.
Wenn du das alles weißt, warum bringst du ihn dann nicht selbst um, hä?
Das wollte ich. Deswegen haben wir ihn ja beschattet.
Aber unser Boss hat uns angeschnauzt, wir sollen nicht zu nah an ihn ran.
Sie sollen Ihre eigene Scheiße schön selber wegputzen.

Notruf-zentrale.
Was können wir für Sie tun?
Es brennt ... Nee, Quatsch.
Ich brauch 'nen Krankenwagen. Da liegen zwei Kerle, kurz vorm Abnippeln. Shinjuku, Distrikt XY. Im ehemaligen Mah-Jongg-Salon „Lizhi".
Wie lautet Ihr Name?
PIEP
Und das hier gehört jetzt mir.
Oh Mann, ey ...
Ich bin doch überhaupt nicht hier, um Leben zu retten ...
Gebt mir mein Adrenalin zurück!

Ey, Ando!
Ey!
Lebst du noch?!
Puh, er atmet noch.
Und der da auch ...
...
WUPP
Er hat Ryuzaki angerufen ...
Das heißt, er war nie hier?!
WUSCH
Ich hab mich schon wieder total blamiert!

Ist doch so, oder?
Wa...
Was ist denn hier passiert?!
Das müssen die zwei eben gewesen sein ...
Was zur Hölle ...?
ÖCHÖ

Tagchen!
Wir haben Sie schon überall gesucht. Ihre Gefolgsleute und Ihr Mädchen wollten uns nicht sagen, wo Sie sind.
Nanu? Was haben Sie denn?
Warum zielen Sie denn mit einer Knarre auf uns?
KLONK
KLONK
KLONK
Sie müssen doch keine Angst vor uns haben.
Sie haben sich nur einen kleinen Schnitzer geleistet.
Sie haben's nicht hinbekommen, Yashiro abzumurksen.
Den Mitwisser dieses peinlichen Fiaskos haben wir schon beseitigt.
DOMPF
Damit stehen wir in der Sache wieder bei null.

Ich … bin ohnmächtig geworden … Bin eben erst wieder …
!!
KLIRRR
Na so was. Dachte, es wär abgeschlossen, aber da drin ist jemand.
KLACK
Wer bist du, hä?!
QUIEEE
Wer ich bin?
Die Frage könnte ich auch dir stellen!
Hm? Wusste doch, ich hab Sie schon mal gesehen.
Sie sind Boss Ryuzaki, stimmt's?!
KNIRSCH

Matsuda? Was gibt's?
Boss ... Es tut ... mir leid ...
ÖCHÖ
Wir sind ... aufgeflogen ... Zwei Kerle ...
Was ist mit Ando? Ist er unversehrt?
Bruder ... ist, glaub ich, tot ... Ich ... Es tut mir leid ...
ÖCHÖ
Wann war das?

DRRRING
Na endlich!
Sorry, wir haben Ryuzaki noch nicht.
Es gibt da 'ne andere Sache, über die ich dich informieren wollte.
Soll ich dir jetzt danken, oder was? Los, spuck's aus.
Da ist 'ne Leiche aufgetaucht. Schlanker Mann in den 30ern, kurzes Haar mit einrasiertem Strich. Wurde erstochen.
Ist das nicht der Auftragsmörder, der dich ange-schossen hat?
Tja ... Ich erinner mich nicht so wirklich. Könnte auch wer anders sein.
Hmpf. Na, egal.
Und dann wär da noch was.
Wir haben einen Augenzeugen, der zwei Typen gesehen hat, wie sie den Kerl verfolgt haben ...

Du hast immer noch ...
... Fieber.
Wie kann das sein?
Könnte es daran liegen, dass du ein alter Kurpfuscher bist?
Yashiro
Wie bitte?!
...
Krass, Yashiro. Sogar total geschwächt können Sie's nicht lassen.
Darf ich Sie pieksen, wo's wehtut?
Das ist keine Show, kleiner Kuga.
Sugi-moto!
Jawohl!
Was ist mit Nana-hara?
Ich konnte ihn nicht finden. Tut mir leid!
Du bist zu nichts zu gebrauchen. Dass du dich noch hierher traust ...
Es tut mir leid!!
DRRRING

TROPF
TROPF
Fuuuuh ...
Nein, nein, Quatsch ...
Warum sollte ich denn Angst haben?

Geh ...
... und wasch dir den Mund aus.
PFLATSCH
PFLATSCH
Puuuh ...

Ich hatte nicht bedacht, dass der Doktor uns sehen könnte ...
*Was?*
*Ausgerechnet dafür entschuldigst du dich?*
Dass man uns sehen könnte, ist mir eigentlich ziemlich egal.
Ich bin noch unerfahren ... Bitte entschuldigen Sie.
Echt mal.
Üb und mach's beim nächsten Mal besser.
Das werde ich tun.
Wenn Sie einen Tipp hätten, wo ich üben kann, wäre ich Ihnen sehr dankbar.
...
Geh mal in eine der Saunas in Ueno.
Bei dir bildet sich bestimmt sofort 'ne Schlange.
In Ordnung.

ガラ
RATTER
'n Abend, Chef, ich bin wieder zu...
... rück
Hah!
Ah, Sugimoto. Wo hast du dich denn rumgetrieben?
!!
Äh ... Äääh! Er ist wieder wach, Herr Doktor ...!
Hä? Und wer bist du gleich?
Kuga
Häääh?!
Yashiros Untergebener.
ROMMS
Genau!
Ich muss da was Dringendes mit Ihnen besprechen, Herr Doktor! Kommen Sie bitte kurz!
In letzter Zeit hab ich so ein komisches Pochen im Schädel ...!
Häääh?! Zerr nicht an mir!
Wa, ha, ha! Klar, Dummheit tut eben weh!
Wie war das, Kuga?!
Tut mir leid.

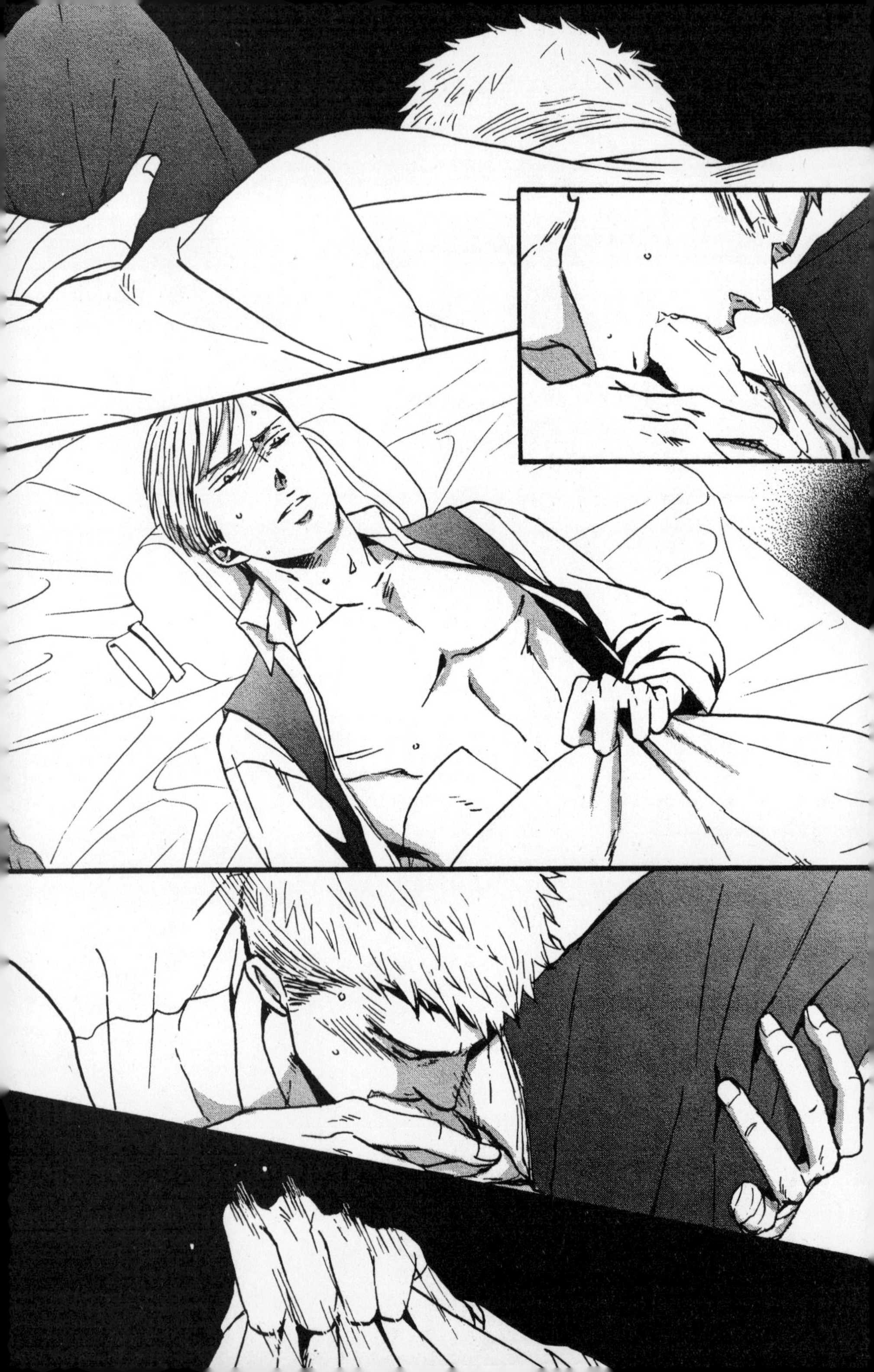

WOMPF
SLUPP
ZUCK
Aah ...!

Haah!
Haah!
Das reicht ...
So komm ich nicht, also hör schon auf.
Ich mach's mir lieber selbst.
Puuh ...

Kh ...!
Kh ...!
Hah!
Als Gefolgsmann meines Chefs ...
... tue ich nur das, was er verlangt.
WOMPF

Kh ...!
Ha ...!
...
Kh ...!
Hah!
Was heißt hier „nicht recht"?
Mh ...
...
Kh ...!
Und was heißt hier „so gut sein"?
Ha ...!
Du warst doch derjenige, dem es nicht recht war ...!

... dann sagen Sie es laut und deutlich.
Bitte seien Sie so gut.
...
Was soll das denn jetzt ...?
Ngh ...!

...
Was ...?
Wenn es Ihnen nicht recht ist, sagen Sie es bitte.
Wie meinst du ...?
Wenn ich darf ...
KNARZ
Depp.
Wieso willst du ...?
Wenn es Ihnen nicht recht ist ...

Ich hab keine Angst ...!

Die zwei vom Vorstand sind immer noch nicht rausgekommen.
Was haben die da drin zu labern?
Das könnte vielleicht meine Chance sein ...
Puuh ...
Na ja, eigentlich ...
ZZUNG
... würde ich Ryuzaki gern allein erledigen.
KATSCHICK
Ha!

TROPF
TROPF
TROPF
Shit.
Da sind die zwei von eben wieder.
Gehören die auch zu Matsubara?

Twittering
Birds Never
Fly
Kapitel 13
Twittering Birds Never Fly

Haah
Haah!
...
Haah!
Haah!
Was soll das?
Ich mache das.

...!
Ah!
Hah ...!
Ngh ...!
Hah!
Scheiße ...
STECH
STECH
Ngh!
Uh!
Es ... tut weh ...!
Haah!
Haah!
Kh ...!
Mit links wird das nichts ...
Kh ...!
Ah!
Uh ...!
Mh ...!
Haah!
Hh ...!

Muss daran liegen, dass ich erregt bin, seit ich aus dem Krankenhaus raus bin.
Mach meinen Gürtel auf, dann besorg ich's mir.
Ihre Wunde ...
Haah ...
Jetzt mach endlich! Mein Schwanz tut schon weh ...
Jawohl ...
Hah ...!
Ngh ...!

ZUCK
Haah!
...!
Haah!
Ha ...!
Chef?
?
Hah!
Shit.
Ich bin in Stimmung ...

Möchten Sie vielleicht etwas trinken?
Die Infusion reicht mir ...
Alles in Ordnung?
Mir ist heiß ...
Knöpf mir die Weste auf ...
Jawohl.
Ist es jetzt besser?
Alle Knöpfe, du Idiot.
Hörst du nicht? Mir ist heiß.
Jawohl.
ZUCK
Nanu ...?

ガラ
RATTER
Ah, ach ja!
Der Knacker hat mich was zum Futtern besorgen lassen.
Komm, wir essen im anderen Zimmer.
Nein, ich ...!
ZERR
...
Ich wollte nur ablehnen.
Macht mich das Fieber jetzt etwa ängstlich ...?
Nein, geh ruhig was essen.
Ich weiche nicht von Ihrer Seite.
Ah, ja ...

...
Sag mal, wie war das vorhin mit Gefolgsmann und so ...?
Tagchen!
Hab gehört, Yashiro hat's ernsthaft umgehauen?!
Uwah, er liegt ja echt hier!
GÄÄÄHN
!
Krass!
Sogar einer wie der kann umkippen. Irgendwie dachte ich, er wär unverwüstlich.
Hat er echt drei Kugeln abgekriegt?
Es waren Durchschüsse.
Respekt, dass er das überlebt hat.
Und sag mal, der Arsch Nanahara hat dich echt dazu gezwungen, dir den Finger abzuschneiden?!
Das ist nicht dein Ernst, oder? Warum solltest du für einen wie den dein Leben riskieren?
Nein. Ich habe versagt. Es war richtig so.
Kuga!
Ups, sorry, Macht der Gewohnheit.
Bist du sauer, Doumeki?
Stichel nicht.
Ich bin nicht sauer.

Immer noch nichts ...
Wo sind Kageyama und Sugimoto?
Der Doktor hält ein Nickerchen.
Herr Sugimoto ist Herrn Nanahara suchen gegangen.
Mann ...
Sind denn all meine Untergebenen totale Vollidioten?
Warum wendest du den Blick von mir ab?
Tut mir leid ...
Das ist keine Antwort auf meine Frage ...

Was ist denn jetzt eigentlich mit Nana-hara?
Äh, also …
Mh …
…
Handy …
So-fort.
Zeig mir nein …

Ich bin nicht in der Position dafür.
Was?
Als Gefolgsmann meines Chefs ...
... tue ich nur das, was er verlangt. Das habe ich so für mich beschlossen.
Fühlst du dich immer noch verantwortlich? Dann greif gefälligst auch ein.
Du bist doch noch nicht mal sein Untergebener.
Das macht nichts.
Dann ist es okay für dich, wenn er irreparablen Schaden erleidet?
...!
Aber Herr Doktor, es hat doch keinen Sinn, dem Kerl Vorwürfe zu machen.
Der Chef kann uns doch sowieso nicht hören.
Na ja ... Das stimmt natürlich auch wieder ...

Sagt mal, ihr beiden ...
... seid ihr noch ganz dicht?
E... Es war allein unser Fehler!
Wobei mir ziemlich egal ist ...
... an welchem Straßenrand der Kerl krepiert ...
Ja ...
KAGEYAMA
KL
K
Und dann auch noch Sachbeschädigung!
Nix „ja"! Sein Bauch, seine Schulter und sein Arm wurden durchschossen!
Er ist so schwer verletzt, dass er sich kaum bewegen kann!
Lässt seine Leute einfach Schmerzmittel klauen!
Wir haben nichts geklaut. Wir haben sie uns nur geborgt.
Das kannst du wem anders erzählen! Und du, Doumeki!
Wenn du dir für ihn den kleinen Finger abschneidest, dann riskier auch dein Leben, um ihn aufzuhalten!

Der Auftragskiller.
Er wurde tot aufgefunden.
Verstehe ...
Sag unseren Leuten, sie sollen sich vom Büro und unseren Stammläden fernhalten.
Und ihr passt auch auf.
Jawohl.

Ich bin's ...
... Ando. Yashiro ist im Büro aufgetaucht.
Aha ...
Wie war das?!
Ich dachte, der Sack liegt noch im Krankenhaus?!
Genau wissen wir's auch nicht, aber er ist wohl wieder draußen.
Wie das denn ...?
Hat er mich im Verdacht?
Ja. Aber er wollte vor allem wissen, wo die Drogen herkommen.
Hat er vielleicht spitzgekriegt, dass es zwischen den Drogen und dem Attentat einen Zusammenhang gibt?
Shit!
Die Schlampe steckt auch überall ihre Nase rein ...
Sonst noch was?
Leider noch eine zweite schlechte Nachricht.

Chef?!
Chef!
Chef!!

SPOTZ
Er kann es mir nicht sagen?
Weil er sonst garantiert umgebracht würde?
Wär's so schlimm, wenn ich's rauskrieg?
Das kann nur eines bedeuten ...
Che...
DOMPF
Ich lag wohl wirklich richtig ...

Willst du noch eine letzte Belohnung?
K... Kannst du stecken lassen!
Jetzt sei doch nicht so.
Nein ...! Aufhören ...!
HAPPS
Ngaaaaagh!!
Scheiße!!
KALONG
Dieser perverse Arsch!
TROPF
TROPF
Bruder ...
Glotz nicht so blöd!
Hol den Vorstand ans Telefon!
Jawohl!

Ich kann es dir nicht sagen ...!
Hmm ...
Wo steckt Ryuzaki im Moment?
Gh ...!
WUPP
Ich ... Ich weiß es nicht! Wirklich ...!
SLRP
Haah!
Er hat sich seit ein paar Tagen nicht mehr gemeldet. Er meinte, es sei ihm zu gefährlich, darum meidet er erst mal das Büro und sein Zuhause.
N... Nimm dein Knie von meinem Bauch ...!
Hmm? Vor ein paar Tagen? Bevor ich angeschossen wurde oder danach?
!!
SCHMATZ
Hmpf!
D... Davor ...!
Was knutscht der den so ab?
SCHMATZ
Mh!
Mpf!
Aber wir haben mit dem Attentat nichts zu tun! Wir wissen überhaupt nichts!
SCHMATZ
Hmpf!
Na sieh einer an, du kannst es ja doch.
...
Haah!

WUPP
Gh ...!
Doumeki, halt ihn mal kurz fest.
WATSCH
RUMMS
Sugi-moto!
Du Bas-tard!
Ja-wohl!
KLACK
Auf die Entfernung pustet er euch beiden mit einem Schuss die Birne weg.
Ich zähl bis drei, dann drückst du ab, Sugimoto.
Ja-wohl.
Eins.
Zwei.
Drei.
Es ...
Es stimmt! Wir ver-ticken Drogen ...!
A... Aber die besorgen wir selbst ...!
Los, schieß endlich, Sugimoto!
I... Ich kann's nicht sagen ...!

KLOCK
Stellt sich also die Frage, wo die ganzen Einnahmen aus den Drogen geblieben sind.
Wo kommt es her und wohin verschwindet es?
Wozu in aller Welt werdet ihr gezwungen?
ZERR
Wer hat seine Finger mit im Spiel?
Los, raus mit der Sprache.
Du stehst drauf, von Kerlen vergewaltigt zu werden, stimmt's?
Für 'nen Yakuza bist du nicht ganz richtig im Kopf.
Ich bin so durchgeknallt, dass ich nicht verstehe, was du meinst.
PATT
Aha ... Du weißt es also nicht.
PATT
!
Wirklich sehr schade.

Ihr lasst sie durch Ausländer verticken und versorgt Jugendgangs damit ... Das muss ziemlich lukrativ sein.
Häääh?!
Hast du irgendwelche Beweise dafür, hä?!
Behaupte nicht einfach irgendeinen Scheiß!
Schon gut. Wenn ihr weiter die Dummen spielen wollt, bitte.
Es geht mir einfach nicht aus dem Kopf.
Dafür, dass ihr angeblich so gut verdient, seid ihr nicht besonders einflussreich.
Um Drogen zu beschaffen, braucht man Kohle und gute Beziehungen.
Ich frag mich, ob euer Boss so findig ist.
Ich sag das nur ungern, aber ihr verdient doch sonst eher mit Schutzgeldern, Maklergebühren und Betrug euer Geld.

Tut mir wirklich schrecklich leid, dass er plötzlich zu einer menschlichen Haubitze mutiert ist.
Öch ...!
Öch ...!
Haah!
Haah!
Also?
Wo ist euer Boss grade? Er versteckt sich doch irgendwo.
Äh ...!
Davon wissen wir nichts!
Soll ich es aus ihnen rausprügeln?
Häh! Spiel dich hier nicht so auf, du Früchtchen!
Andere Frage. Eure Geschäfte in letzter Zeit ...
Ihr bringt ja ziemlich gutes Zeug unter die Leute. Ich will auch ein Stück vom Kuchen.
Wovon reden Sie bitte ...?
Ach, ihr spielt die Dummen? Von den Drogen rede ich, Mann!

Wich-
ser!
Ey!
Das
reicht
jetzt.
Oder
willst du,
dass er nicht
mehr reden
kann?
Jawohl
...

ROMMS
Oh, jetzt ist sie aus den Angeln.
KRACH
!!
Da hat der Handwerker keine gute Arbeit geleistet. Aber so alt wie die ist, gehört sie eh ausgetauscht.
QUIE
QUIE
Was ...?!
Hey, weißt du eigentlich, wo du hier bist?!
Yashiro ...! Hat man dich nicht angeschossen?!
Ist das hier nicht die Matsubara-Gruppe?
Das heißt nicht „Yashiro", sondern „Onkel". Ich bin mit eurem Boss verbrüdert.
Na ja, nicht, dass ich das wirklich wollte ...
Halt deine verdammte Fresse!!
WONTSCH

Echt blöd, dass ich meinen rechten Arm nicht benutzen kann.
Ich kann so nicht richtig wichsen. Anal play geht auch nicht und beim Analsex verlier ich das Gleichgewicht.
Na ja, Anal play mach ich sowieso kaum, also nicht so schlimm.
Wir sind da, Chef.
Der denkt echt nur an das Eine ...
Jo.
Kh ...!
Chef!
Alles in Ordnung. Bemutter mich nicht so.
Wenn Sie nur Fragen stellen wollen, kann ich das übernehmen.
Als könnte ich das dir Schwachkopf überlassen.
Sicher, dass Sie da reinwollen?
Wenn Bruder Nanahara wirklich recht hat ...
Ryuzaki ist nicht hier. Ich will mich nur umhören.
Die werden mich schon nicht vor aller Augen abknallen.
MATSUBARA GRUPPE

Was zur Hölle hat Ryuzaki dir aufgetragen?

D...
Das nächste Mal mach ich ihn definitiv kalt!
Das nächste Mal? Wer hat gesagt, dass es ein nächstes Mal gibt?
ZZOMPF
!!
Ich will wissen, warum du diesmal so einen Murks abgeliefert hast!
Wie hast du auf die kurze Distanz keinen tödlichen Treffer zustande gebracht?!
Du hättest ihn ganz leicht töten können, wenn du ihm einfach die Rübe weggeblasen hättest.
Erklär's so, dass auch ich das kapier ...
... Auftrags-killer.
ZZING

Bleib stehen, verdammt!!
Haah!
Haah!
Haah!
Haah!
Gaargh!
KRATONSCH
Du machst einem ganz schön Arbeit!
Ich will mich doch nur ein bisschen mit dir unterhalten, hm?
E... Es tut mir leid ...
Warum bist du
bgehauen? Hm? Raus mit der Sprache!
...!

Twittering
Birds Never
Fly
Kapitel 12
Twittering Birds Never Fly

Ob das eben Ryuzakis Leute waren?
Gute Frage.
Ich war sicher, die würden zurückschießen.
Dann wäre ihr Auftauchen nur eine Drohgebärde gewesen. Aber dahinter steckt mehr.
Wie meinen Sie das?
Die Gegenseite will mich wirklich kaltmachen.

Das nächste Mal werde ich Sie um jeden Preis beschützen.
...
Oh! Tut mir leid, dass wir so einen Krach veranstaltet haben.
!
Wenn die Bullen auftauchen, sag ihnen einfach, du hättest nur die Schüsse gehört.
Ähm ...
Und danke, dass du mir die Handynummer verraten hast.
Aber ich habe gar nichts ... Was wird jetzt aus ihm?
Tut mir leid ...
... aber ich kann dir nichts versprechen.

QUIIEEEE
VROOOMMM
Gut, die Plagegeister wären wir los.
Bevor sie wieder-kommen.
Gehen wir.
DODOMM
Chef ...! Warnen Sie mich bitte, bevor Sie in der Gegend rumballern!
Wieso? Sind Knar-ren noch zu was anderem gut?
Da ... haben Sie natürlich recht.
Ob Sie sie getroffen haben?
Das Kleinkaliber durchschlägt doch nichts.
Und du lass mich mal wieder los. Mein Bauch tut weh.
!
Ich wurde an-geschossen, klar?
Verzei-hung.

BLAMM
KLING
BLAMM
BLAMM

Nichts ist in Ordnung. Weg da ...
Jawohl.
Scheiße, jetzt will ich's treiben ...
Haah ...
Chef, gehen Sie da weg! Das ist gefährlich!
Die schwarze Limousine ist ja sehr auffällig.
Sugimoto, hast du 'ne Knarre dabei?
Äh ... Ja, hab ich.
Gib her.
Was?
Warum?
Jetzt mach schon.
GRABB
Aah!

Die Limousine steht immer noch draußen.
Genau! Wir sollten besser noch eine Weile hier ...
Okay, lasst uns abhauen.
Du Honk ... Wenn rauskommt, wo ich bi...
TAUMEL
Alles in Ord- nung?
...
Kh ...

Okay. Dann weißt du also auch, wo sie grad ist?
Guter Junge.
Kriegst auch was von mir zur Belohnung. Den Aufenthaltsort meines Bosses.
Ein Bulle?
Ja. Natürlich kriegst du auch das.
Stell dir dein Lieblingsrollenspiel vor und hol dir einen runter.
Beeilung. Wenn wir zu spät kommen, verrat ich deinen Leuten, was du für perverse Vorlieben hast.
Puuuh ...
Chef, alles in Ordnung mit Ihnen?
Es macht mich echt fertig ...
Mmmh ...
Fahren wir besser zu Doktor Kageyama.
Nein ...!
Ja, aber ...!

KLACKER
Der Scheißkerl hat einfach aufgelegt!
Chef, will er wirklich Ryuzaki umbringen?!
Heißt das, Ryuzaki steckt hinter dem Attentat auf Sie?!
Fresse. Sei leise, wenn ich telefoniere.
Ja ... Ich bin's, Yashiro.
Klappe. Mir war langweilig, also bin ich gegangen.
Ich ruf an, weil ich 'ne Bitte hab.
Du hast mir doch neulich diese Info gegeben ... über Matsubara.
Genau. Wen habt ihr auf sie angesetzt? Die Abteilung für Organisierte riminalität? Die Abteilung für Rauschgift ist es ja nicht.

Den Posten kannst du dir abschminken! Klar?! Du kannst dir das alles sparen!
Chef.
Und überhaupt, Ryuzaki würde nie ...
Draußen steht eine Limousine mit getönten Scheiben.
Bring sie ins Bad.
Jawohl.
Wie?
Warum?
Ins Bad.
Jetzt pass mal auf, Nanahara!
Nanahara ...?!
Bitte verzeihen Sie mir, Chef.

Haaah ... Ver- stehe.
Und darum willst du jetzt also Ryuzaki erschießen.
Mann, und in so eine Lappalie verwickelst du dein Mädchen?
...
Das ist überhaupt keine Lappalie!
Sie sollte nur hinterher der Gruppe Bescheid geben ...
Wo ist Ryuzaki jetzt?
Du hast doch gesagt, du weißt, wo er steckt. Versteckt er sich?
Chef ... Dittc halten Sie sich da raus.
Ein Leben bei Wasser und Brot ist nichts gegen das, was Ihrem rechten Arm und Ihrem Ansehen angetan wurde.
Halten Sie nach meiner Rückkehr einfach einen guten Posten für mich bereit, dann ...
Bist du jetzt völlig über- geschnappt?! Solche Yakuza der alten Schule sind heute nicht mehr gefragt!

Es war Ryuzaki.
Er hat Ihnen den Attentäter ...
Ey, stopp mal. Wer hat dir das erzählt?
Ihr Tod sollte ein Geschenk an die Goda-Gruppe sein, um zu ihr überzulaufen.
Du sollst mir sagen, wo du die Information herhast.
V... Vom Boss.
Ich sollte Ihnen nichts sagen, weil es Ihnen noch nicht gutgeht.

Wo bist du jetzt?
Wen genau meintest du mit „ihn"?
Chef ...
Es tut mir leid ...
Die Suppe hab ich mir zur Hälfte selbst eingebrockt ...
... also lassen Sie sie mich auch auslöffeln.
Wenn einer ganz unten in der Hierarchie sich den Finger abschneidet, kann ich nicht nur Däumchen drehen.
Markier hier nicht den starken Mann.
Hörst du? Erklär mir, was los ist.

Ich bin's.
Ich hab rausgefunden, wo er steckt. Ich knall ihn heute Nacht ab, alles Weitere …
Was sagst du da?! Heute Nacht willst du ihn schon knallen?! ♡
♡ Du bist ja ein richtiger Casanova, Nanalein! ♡ ♡ ♡
Ch…
Chef?!
Sag mal, bist du noch ganz gescheit?!
Und was ist mit Ihnen? Was machen Sie bei meinem Mädchen?! Ihre Wunden sind doch …
… schmerzhaft, ja. Natürlich tun sie höllisch weh. Schon vergessen, wie viele Kugeln ich abgekriegt hab?!
Wer hat mich denn dazu genötigt, das Krankenhaus zu verlassen?! Du, weil du einfach auf eigene Faust los bist.
…?!

Ando von der Matsubara-Gruppe ... und sein Bruder Matsuda.
Es besteht wirklich kein Zweifel ...
DRING DRING
DRING DRING

Es tut mir auf-richtig leid.
Mir hätte gestern etwas auffallen müssen.
Mann, du bist echt genauso unfähig wie der Schwanz in deiner Hose.
Es tut mir leid ...
Genau! Denk nach, was du falsch gemacht hast!
Glauben Sie, Herr Nanahara weiß, wer Sie umbringen wollte?
Gute Frage ...
Na ja, das erfahren wir ja bald.
?

Machst du uns einen Tee, bevor wir wieder gehen?
Ah, gerne doch!
Und darf ich mich auf der Couch hinlegen?
Bitte, tun Sie sich keinen Zwang an!
Sugimoto.
Jawohl.
Schick den Rest meiner Leute zu Boss Hirata. Sie sollen ihn beschatten.
Zum Boss? Warum das?
Reine Vorsichtsmaßnahme. Wenn ich falsch liege, ist es nicht weiter tragisch.
Es tut doch weh ...
Und schick jemanden zu Kageyama, er soll ihm ein paar Schmerzmittel klauen.
Er gibt sie Ihnen sicherlich auch freiwillig.
Hab keinen Nerv für 'ne Unterhaltung.
Äh, ich bin's, Sugimoto! ... Nein, noch nicht.
Pass auf, ich brauche zwei, drei Mann, die ...
Alles in Ordnung, Chef?
Ich hab Schmerzen, Depp.

Du weißt ja, er ist zwar ein Volldepp, aber immerhin ein sehr treuer Volldepp.
Was würde so einer wohl jetzt tun?
Ich hab da ein ganz übles Gefühl.
Wie siehst du das?
Puuh ...
Ich weiß wirklich überhaupt nichts.
LINS
Es tut mir leid, dass ich Ihnen nicht helfen kann.
Ich hab Durst.

Also?
Wo steckt Nanahara gerade?
Ich habe es Sugilein ja schon gesagt, er ist nicht hier.
Herrje, wo steckt der Kerl denn nur schon wieder?
Ja, das ist eine wirklich gute Frage. Besonders um die Uhrzeit.
Er ist verschwunden, also wurde er entweder entführt, ist untergetaucht oder tot.
So, wie er gestern drauf war, ist er am ehesten untergetaucht.
Er ist die Sorte Mann, die seiner Braut immer irgendwas steckt.
Wenn du was weißt, sag es mir besser.
Ich weiß überhaupt nichts.

Hier?
Ja. Sie müsste noch zu Hause sein.
Ich steige aus.
Chef, wenn Sie bitte eine schusssichere Weste tragen würden.
Wenn Ihnen nochmal was passieren sollte, reichen abgeschnittene Finger nicht mehr.
So ein hässliches Teil soll ich tragen?
Das Aussehen spielt doch wirklich keine Rolle ...
Blabla. Hör auf zu meckern und mach endlich die Tür auf.
Schwester können wir kurz reinkommen?
Der Chef ist auch bei mir.
Sugilein!
Herr Yashiro! Ich habe gehört, Sie wurden angeschossen?
Ja, wurde ich! Drei Treffer.
Geht es Ihnen wieder gut?
Oh, bitte setzen Sie sich doch.
RATSCH
Sorry, dass wir hier so unangemeldet reinplatzen.

DRÜCK
Das muss doch wehtun.
Es tut nicht weh.
Sag schon, dass es wehtut.
Es tut nicht weh.
Wer von uns ist der Leidensfähige?

Ich dachte, ich würde Sie verlieren.
Das nächste Mal werde ich Sie um jeden Preis beschützen.
Hast du Schmerzen?
Nein ...

Tue ich Ihnen auch nicht weh?
Nein, alles prima ...
Ich glaube, Sie sind bloß leidensfähiger als die meisten Menschen.
Häh?
Werd mal nicht unverschämt. Du warst es, der hier gestern rumgewimmert hat.
Oh!
Stimmt ja, im Krankenwagen hast du am ganzen Leib gezittert!
Pffft!
Ausgerechnet du Schrank von Mann! Das war ja sooo peinlich!
Ich hatte Angst um Sie.

Krawatte brauch ich nicht.
Mach unten weiter.
Gut.
Ja-wohl.

Hat er mit irgend-jemandem geredet?
Er war allein ... Oh, aber am Eingang bin ich am Boss vorbeige-laufen.
Bring mir meinen Anzug.
Sugimoto.
B... Bitte stehen Sie noch nicht auf, Chef.
Die Ärzte haben noch nicht ihr Okay gegeben.
Und vielleicht will man Sie immer noch ...
Spatzenhirn. Als ob ich hier drin sicher wäre.
Bitte bleiben Sie hier. Nanahara wird sonst wütend ...
Schon vergessen, du Depp? Genau nach dem suchen wir doch!
Ja, aber ...

Wo war das?!
Er wollte mich sehen ... Wir haben uns auf der Fuß-gängerbrücke in West-Shinjuku getroffen.
Worüber habt ihr geredet?! Hat er irgendwas gesagt?!
Schrei nicht so, Sugimoto.
Er sagte, dass ich gut auf Sie aufpassen soll, Chef.
Und dass ich an Ihrer Seite bleiben soll, weil Ihr rechter Arm vielleicht dauerhaft gelähmt ist.
Da fällt mir ein ...
Was?
Ach, nichts ... Ich hab ihn zuletzt gestern hier in der Eingangshalle getroffen.
Er war stinksauer. Fand ich komisch, immerhin waren Sie ja wieder bei Bewusst-sein.

Häh?
Seit wann?
Seit gestern Abend. Er geht nicht an sein Handy und ist weder daheim noch bei seinem Mädchen.
Wann hast du ihn zuletzt gesehen?
Ich habe Herrn Nanahara ... gestern Abend getroffen.
Häääh?!

# Twittering Birds Never Fly

## Kapitel 11

Twittering Birds Never Fly

## Yashiro

Unterboss der Shinsei-Gruppe des Doshin-Syndikats. Erwirtschaftet Kapital mit Shinsei Kogyo, der Tarnfirma der Shinsei-Gruppe. Kageyama ist sein einziger Freund, sie kennen sich seit der Oberschule. Yashiro hegte heimliche Gefühle für ihn, aber seit Doumekis Auftauchen durchläuft er einen Sinneswandel. Jemand trachtet ihm nach dem Leben und hat ihn bei einem Attentat schwer verletzt.

## Chikara Doumeki

Yashiros rechte Hand und Leibwächter. War früher Polizist, wurde aber wegen Körperverletzung zu einer Haftstrafe verurteilt. Er hat eine jüngere, nicht blutsverwandte Schwester namens Aoi. Er ist impotent, fühlt sich aber zu Yashiro hingezogen. Doumeki bereut, dass er Yashiro nicht beschützen konnte und schnitt sich als Konsequenz seinen kleinen Finger ab.

### Kanji Kageyama

Niedergelassener Arzt (Internist). Freund von Yashiro. Hat einen Fetisch für Brandwunden. Er und Kuga sind ein Paar.

### Kuga

Schläger, der in Heimen aufgewachsen ist. Yashiro hatte ein Auge auf ihn geworfen, doch dann kam er mit Kageyama zusammen.

### Misumi

Unterboss des Vorstands des Doshin-Syndikats. Hatte in seiner Zeit als Boss der Shinsei-Gruppe Yashiro ins Boot geholt. Eine Zeit lang waren die beiden Lover. Aktuell ist er der Favorit für den Posten des Dons des Doshin-Syndikats.

### Amou

Misumis Sekretär.

### Hirata

Boss der Shinsei-Gruppe. Ist äußerst machtgierig und will in die Syndikatsführung. Hat großen Respekt vor Misumi, hält aber nicht viel von dessen Beziehung zu Yashiro.

### Ryuzaki

Boss der Matsubara-Gruppe des Doshin-Syndikats. Älterer Yakuza-Bruder von Yashiro. Er betrachtet Yashiro zwar als Feind, hat aber auch starke Gefühle für ih
Steht im Verdacht, der Drahtzieher des Attentats auf Yashiro gewesen zu sein.

### Nanahara

Jüngerer Yakuza-Bruder von Yashiro und auch dessen Assistent. Außerdem älterer Yakuza-Bruder von Sugimoto und Doumeki. Als er von Hirata erfährt, dass Ryuzaki Yashiro töten wollte, beschließt er, diesen umzubringen.

### Sugimoto

Jüngerer Yakuza-Bruder von Yashiro, älterer Yakuza-Bruder von Doumeki.

Twittering Birds Never Fly

C o n t e n t s

Twittering Birds Never Fly

KOU YONEDA

3